KB164890

여리고
조금은 서툰,
당신에게

여리고
조금은 서툰,
당신에게

우사미 유리코 지음 | 최윤영 옮김

큰나무

여리고 조금은 서툰 당신이 나는 좋아요.

당신은 사람들과의 관계에 있어 조금은 서툰 편인가
요……? 가끔 혼자 우울해하거나 슬픈 얼굴을 하고 있나요?

혹시 누구에게도 말 못하고 마음 아파한 적이 있다면 당
신에게 힘이 되어주고 싶어요.

더는 필요 없는 마음의 짐을 가만히 내려놓을 수 있도록
도와줄게요.

저는 이제껏 능숙한 사람이라고 믿으며 살아왔어요. 그러
나 실은 형편없이 서툰 사람이었어요. 어린 시절에는 혹여

제 자신을 서툰 인간이라고 인정해 버리면 행복해질 수 없을 것 같은 마음에 두려워서 안간힘을 쓰고 발버둥 치며 살아왔어요. 그것은 너무나도 힘든 일이었어요. '이건 진짜 내 모습이 아니야…….'라고 느끼는 일도 참을 수 없는 고통이었어요. 그렇게 마음은 점점 약해져 갔고 결국 저는 전혀 인생을 즐길 수도, 제 자신을 사랑할 수도 없게 되었어요.

바로 그때 만나게 된 것이 이 한마디였어요.
"있는 그대로도 괜찮아."
이 말은 이제껏 살아오면서 여러 번 들어왔지만 단순히 말로서 '그저 알고 있는 것'과 '실제로 살아가는 것'과는 완전히 달라요.

있는 그대로 살아가자!
있는 그대로의 자신을 사랑하자!

이것을 실천하는 것만이 제 자신을 살리는 길이라는 생각
이 들었고, 저는 기도하는 마음으로 정보를 찾으며 늘 따라
다니던 불안을 행복으로 바꾸는 레시피를 만들었어요.

그리고 오로지 그것을 실천하는 동안 조금씩 괴로웠던 마
음에서 벗어났고 자신을 바라보는 관점이 바뀌었어요.

굉장히 소심하고 서툰 인간이지만
있는 그대로의 내가 제일 좋아.

지금 이대로 있을 수 있다면 100배는 행복해!

혹시 이 책을 집어든 당신도
실은 소심하고 서툰 사람일지도 모르겠군요…….

그렇다면 이 책이 분명 효과가 있을 거라 생각해요.
지금까지 제가 실천한 레시피 가운데 가장 효과적인
항목들을 선별해 이 책에 담았어요.

여린 당신이 조금은 서툰 모습 그대로도
100배 행복해질 수 있기를!

차례

01

지금 당신의 마음 상태는
어느 쪽인가요?

딱딱하게 굳은 마음 vs 느슨한 마음

"울지 마!"

울고 있는 아이에게 울지 말라고 혼내는 엄마.

　울지 말라고 혼을 내면 오히려 더 울기만 한다는 걸

　알면서도 혼을 내고야 마는 악순환.

　이와 같은 악순환은 여러분 자신의 마음속에서도 일어나
고 있어요.

　우울해하고 있는 자신에게 우울해하지 말라고 명령하거
나, 슬퍼하는 자신에게 슬퍼하지 말라고 외치며 냉정하게
뿌리친 적이 있지 않나요? 그래 봤자 마음은 전혀 개운해지
지 않았을 터.

　울지 못하게 혼을 내면 오히려 더 울어버리는 아이처럼,

스스로 자신을 몰아붙여 점점 고통스러워지는 것이라고 생각해요.

눈물이 나는 것도 우울해하는 것도 슬픔에 잠기는 것도 전부, 그렇게 된 이유를 이해해주길 바라는 '마음에서 외치는, 그렇지만 귀로는 들을 수 없는 소리'예요. 그 마음의 소리를 이해하는 것이 중요해요.

마음에는 서로 반대되는 두 가지 성질이 있어요. 딱딱하게 굳은 마음과 느슨한 마음이에요.

딱딱하게 굳은 마음은 불쾌한 기분을 불러오고 공격적으로 만들며 자기혐오를 일으켜요. 또한 자신을 인정하지 못하게 해요. 반면 느슨한 마음은 기분을 좋게 하고 여유를 주며 스스로 만족할 줄 알게 해주어 주위 사람들에게도 친절하게 대하도록 해요.

우리는 굳은 마음과 느슨한 마음 가운데 하나로 기울기 마련이에요. 만일 당신이 굳은 마음으로 기울어 있다면 그러한 상태에서 다른 이들과 부딪히기 전에 조금이라도 자신

13

에게 좋은 자극을 주어 느슨한 마음을 만들어 보세요. 즉시 효과를 낼 수 있는 방법은 '심호흡'이에요.

감정이 혼란스러울 때는 호흡을 가다듬어 보세요. 화가 나면 콧김이 세져 호흡이 얕아져요. 그럴 때는 시간을 가지고 숨을 내쉬어 보세요. 코로 충분히 숨을 들이마신 후 입을 오므리고 조금씩 내뱉어 보세요. 내쉬는 숨에 마음을 집중하여 그 호흡을 최소 2분간 실시하세요. 눈을 감으면 집중하기 쉬울 거예요. 몸과 마음은 하나이기 때문에 몸에 힘을 빼면 마음도 느슨해져서 안정감을 되찾을 수 있어요.

굳은 마음을 느슨하게 만들기 위한 보다 확실한 방법은 '발상의 전환'이에요.

마음을 느슨하게 하는 것은 '사랑'

마음을 딱딱하게 굳게 만드는 것은 '화'

굳은 마음을 만드는 화는 매사 부정적으로 생각하는 것으로부터 생겨나요.

'이거 아니면 싫어.', '이거 아니면 안 돼.'

부정하는 마음은 대개 과거의 좋지 못했던 기억에서 비롯해요. 과거의 기억에서 벗어나지 못하고 있는 스스로에 대해 화를 내게 되는 것이지요.

예를 들어 다른 사람 앞에서 무엇을 하려고 할 때 마음이 굳어진다면, 어릴 적 여러 사람들 앞에서 무언가를 하다가 큰 창피를 당한 기억 때문일 수 있어요.

이 경우, 과거의 자신을 용서하고 부끄러움은 나쁜 게 아니라는 것을 가슴에 새긴다면 비로소 자신 안에서 울리는 마음의 소리를 알아차릴 수 있게 되지요.

'잘 안 된다고 미리 단정 짓지 마.'

'열심히 하면 된다는 걸 인정해.'

'용기를 내.'

부정하는 마음을 버리고, 있는 그대로의 자신을 받아들이면 점점 마음이 넓어질 거예요. 넓어진 마음에서 사랑이 가득 찬 세상을 찾을 수 있어요. 그 세상은 다른 이에게서 구할 수 있는 것이 아니라, 스스로 마음을 느슨히 하면 누구든 살 수 있는 곳이에요.

02. _____

더는 자신을 탓하지 마세요

당신이 쉬는 동안에도 답을 찾는 뇌

'내가 뭘 잘못한 걸까?'

본의 아닌 일이나 문제에 부딪혔을 때, 무심코 자신을 탓하지 않나요?

자신이 무엇을 잘못했는지 생각하고 스스로를 탓하는 만큼 그 시간 동안 당신은 오히려 점점 우울해지기만 할 뿐이에요. 인간의 뇌는 '하나의 질문을 받으면 그 답을 계속해서 찾는 성질'이 있기 때문이에요.

어느 날, 저는 점심때 들른 카페에서 우연히 그리운 멜로디를 듣게 되었어요.

'아, 이거 무슨 곡이더라?'

아무리 생각해도 곡 제목이 떠오르지 않았어요.

'음, 떠오르지 않아……'

그리고 그날 밤, 욕조에 몸을 담그고 있는데 불현듯 점심 때 들은 곡의 제목이 떠올랐어요. 이미 10시간이나 지나 낮의 일에 대해서 완전히 잊고 있었는데 말이죠.

이렇듯 뇌는 우리가 의식하지 않는 동안에도 질문에 대한 답을 찾기 위해 계속 기억을 더듬고 있어요.

당신도 이와 비슷한 경험이 있지 않나요?

저는 이런 뇌의 습성을 알게 되자 그동안 해온 '잘못'이 생각나서 깜짝 놀랐어요. 문제에 부딪힐 때마다 이렇게 물었던 거예요.

'내가 뭘 잘못한 거지?'

이렇듯 제 자신에게 질문을 던지면 뇌는 계속해서 잘못된 곳을 찾아 지적해 주었어요.

'여기가 문제야.'

'저것도 실패!'

그때마다 저는 스스로에게 혐오감을 느꼈고, 제 자신의 가치를 부정하곤 했어요.

그럼 이제 질문을 바꿔 볼게요!

곤란한 상황이 오거나 충격을 받았을 때 또는 화가 났을 때 스스로에게 한 가지만 질문해 보세요.

'그래도 내가 할 수 있는 일이 있을까?'

밑바닥 같은 상황이라 더는 잘할 수 없을 때, 너무 우울해서 미래 같은 건 생각할 수 없을 때야말로 '그래도 자신이 할 수 있는 일'을 계속해서 찾으면 되는 것이라고 생각해요.

심하게 우울하면 전혀 기력이 나지 않을 때도 있어요. 하지만 그런 때라도 자신에게 계속해서 물어보세요.

'그래도 내가 할 수 있는 일은 뭘까?'

'절대로 포기해선 안 되는 일은 뭘까?'

'나에게 용기를 북돋기 위해 할 수 있는 일은 뭘까?'

'인생을 포기하지 않기 위해 나는 뭘 할 수 있을까?'

그러면……

당신의 마음이 아무리 시들해진다 해도 뇌는 해결의 실마리를 찾기 위해 움직이기 시작할 거예요. 그리고 당신이 할 수 있는 일을 찾아주지요.

그 답은 바로 돌아올 수도 있고 며칠이 걸릴 수도 있지만, 당신이 잠든 동안에도 뇌는 계속해서 답을 찾기 위해 움직일 거예요.

뇌가 답을 찾게 되면 어느 순간 신호를 보내줘요. 절묘한 순간에 지혜가 번뜩이며 앞으로 나아갈 수 있는 방법이 떠오르는 것이지요.

자신에게 하는 질문을 바꾸는 것만으로, 어떠한 고난이 찾아오더라도 '답은 자신 안에 있다!'는 것을 알게 될 거예요.

03.
___

행복을 찾는 법

우연한 행복이 가져다주는 기쁨이란!

세렌디피티^{serendipity}라는 말을 알고 있나요?

제 식으로 해석하자면 '우연한 행복을 발견하는 힘'이라고 말하고 싶어요.

예를 들어 요리를 하다가 실수로 조미료를 잘못 넣었는데 완성된 음식이 정말로 맛있다든지, 뭔가 찾다가 우연히 다른 어떤 좋은 물건을 발견하는 등의 일이 세렌디피티가 작용한 결과지요.

세렌디피티는 실패 뒤에 찾아오는 '행운의 번쩍임'이에요. 실패했다고 거기서 모든 것을 포기하고 만다면 그 뒤의 행복은 손에 들어오지 않아요.

노벨상을 수상한 과학자나 사업을 성공시킨 비즈니스맨들은 번쩍이는 행운의 힘을 최대한으로 발휘한 사람들이라고 생각해요.

그렇지만 세렌디피티는 특별한 사람에게만 주어지는 힘은 아니에요. 눈치채지 못했을 뿐, 당신은 분명 지금까지 그 힘을 사용하고 있었을 거예요. 그러니 이제부터는 세렌디피티를 의식하며 우리가 살아가고 있는 매일의 일상생활에서 활용해 보세요!

실패했다고 생각했던 것들이 차례로 가치 있는 것으로 바뀌어 간다면 보다 인생이 즐거워지지 않을까요?

실패를 다른 가치 있는 것으로 바꿔가는 데는 '행운의 번쩍임'이 반드시 필요해요.

세렌디피티를 부르는 비결은 두 가지가 있어요.

첫째, 실패를 최악으로 단정하지 않기.

실패는 어느 순간 행운으로 바뀌기도 해요. 그러니 실수로 버스를 잘못 타더라도 그 일을 최악이라고 생각하지 말고, 당신 앞에 어떤 좋은 행운이 찾아들지 상상하며 생각의 안테나를 길게 뽑아 보세요.

25

실수로 잘못 탄 버스에서 내렸을 때, 그곳에서 당신은 평소 보고 싶었던 사람을 우연히 만날 수도 있고 찾고 있던 가게를 우연히 발견하는 행운을 만날 수도 있어요.

둘째, 우연히 행운이 일어날 수 있음을 믿기.

불운을 불평하지 않는 것이 행운을 부르는 방법이에요. 운 나쁘게 지갑을 잃어버렸다 하더라도 우연한 행운이 발생한다는 사실을 믿는다면, 재빨리 새로운 지갑을 마련하여 기분을 새롭게 만들어 보세요.

그런 당신이라면 지갑을 사러 간 곳에서 운명의 상대를 만나게 될지도 모르는 일이지요. 혹은 상황이 바뀌어 금전운이 날아들지도요.

'때로 행운은 예기치 못한 재난으로부터 온다'고 생각해 보세요. 재난에는 실패도 포함되지요. 대부분 사람들은 실패를 하면 우울해하곤 하지만 그것은 이미 벌어진 일이기에 실망하고 소극적인 태도로 상황을 받아들인다면 세렌디피티가 찾아와도 알아차릴 수 없어요.

생각해 보면 애초에 인생에는 실패 따위는 없을지도 몰라요. 실패는 잘 나아가기 위한 통과 지점에 지나지 않는다는 것을 받아들이고 마음의 여유를 잃지 않도록 하세요. 더 나아가 실패를 웃으며 날려 버릴 정도의 밝은 마음을 가져 보세요.

저도 늘 실수를 하지만 이제는 그러한 일에 벌벌 떨지 않기로 했어요. 실수하더라도 모두 좋은 결과로 바꿔 버리겠다고 생각하게 되었어요.

04

자신이 있을 곳이 없다고
느낀다면

이미 마음속에 정답을 정해두고 있지는 않나요?

'내가 있을 곳이 아니야…….'

'여기선 살 수 없어…….'

　'이건 아니야, 진짜 내 생활이 아니야…….'

　혹시 지금 이런 생각을 하고 있다면 시점을 바꿔서 주변을 다시 바라보세요.

　누구나 현실이 생각대로 풀리지 않으면 낙담할 수 있어요. 하지만 그러한 일로 인해 자신이 있을 곳이 없다고 느낀다면 아마 당신은 정답주의에 빠져 있을지도 몰라요.

　정답주의란 이미 마음속에 정답을 정해두고 다른 사람들을 바라보는 거예요. 정답주의에 빠진 사람은 자신의 뜻에 어긋나는 것은 모두 불완전하다고 느끼곤 해요. 또한 쉽게 짜증을 내고, 비참한 기분에 빠져들며, 주변에 대한 요구와 비난이 늘어나 환경을 탓하지요. 하지만 스스로 변화할 생각은 하지 않아요.

'부모님은 대체 왜 저러는 거지? 집에 있기 불편해.'

'회사가 왜 이러지? 일에 집중하지 못하겠어.'

'친구들은 대체 왜 저러지? 같이 있어도 따분해.'

이렇듯 정답주의에 빠진 사람은 자신의 마음에 들지 않는 상황을 상대의 탓으로 돌리고 남을 헐뜯거나, 일을 내팽개치거나, 그 상황에서 회피해 버려요. 그러면 어느 누구를 만나도 어느 곳에 가도 만족하지 못하게 돼요. 결국 어디서도 적응하지 못하고 자신이 있을 곳이 없다고 느끼게 되어 버려요.

사람은 제각기 생김새가 다르듯 성장하고 발전하는 속도와 모습 또한 다르기 마련이에요. 당신의 눈에는 불완전해 보이는 사람일지라도 그는 현재 발전하는 중이기에 다소 문제가 있는 것이라고 생각해 보세요. 아직 미완성이지만 앞으로 성장할 가능성을 가지고 있다고요.

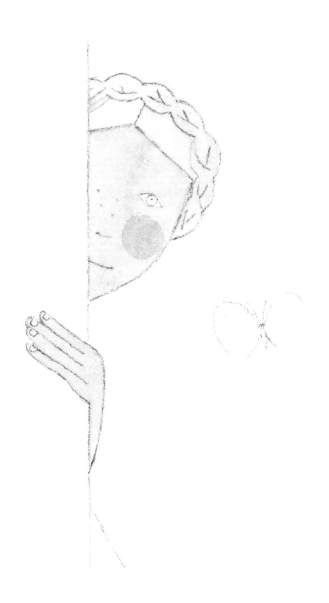

사람이나 사물의 부정적인 면에서 얻는 깨달음이나 가르침을 주는 대상을 '반면교사'라고 해요. 이렇듯 불완전함에서도 우리는 깨달음을 얻고, 함께 함으로써 서로의 성장을 도울 수 있어요.

인생에 있어 '정답'은 단 한 가지가 될 수 없어요. 돌아서 가는 길도, 정면으로 부딪히는 길도 전부 정답이 될 수 있어요.

당신의 인생에 있어서도 정답은 헤아릴 수 없이 많을 거예요. 또한 그 답은 나이가 들수록, 경험을 쌓을수록 바뀌게 되지요.

그런 의미에서 보면 당장 눈앞에 놓인 상황을 못마땅해하는 것이 결코 나쁘다고 할 수는 없어요. 사람이 성장하기 위해서는 제일 처음 느꼈던 위화감을 기억하는 것이 필요해요. 위화감을 느끼면 어떻게든 그 기분에서 벗어나기 위해 노력하게 되기 때문이죠. 이때 한 가지만 지켜주기를 바랄게요.

'위화감을 다른 사람 탓으로 돌리지 않기.'

자신의 마음이 편치 못한 것을 상대의 탓으로 돌리기보다는 현재 당신이 성장하고 있기에 겪는 일이라고 생각해 보세요. 그리고 진지하게 자신이 해야 할 일을 찾아보세요.

그러면 마음이 편치 않았던 그 일이 소중한 경험으로 바뀌게 될 거예요. 불편한 일로부터 당장 벗어나려고 하기보다는 그로부터 충분히 배운 뒤에 그다음에 자신이 있을 새로운 세상을 찾아도 늦지 않아요.

정해둔 정답에서 빠져나오는 방법은 시간을 가지고 자신의 세계를 확장해 나가는 거예요. 그렇게 하여 세상에서 자신이 있을 곳을 찾아 새로운 자신, 새로운 친구, 미지의 감동을 만나는 것을 즐길 수 있었으면 좋겠어요.

05. _____

언제나 HAPPY하기 위해서

가치 있는 것에 둘러싸여 살아가는 일

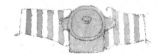

행복이란 '자신에게 가치 있는 것'에 둘러싸여 살아가는 것이라 생각해요.

당신에게 있어 가치 있는 것은 무엇인가요?

가족, 사랑하는 사람, 친구, 애완동물, 돈, 일……

많은 것들이 떠오를 거예요.

하지만 감정의 움직임 때문에, 당연히 중요하게 여겨야 할 가족을 귀찮아하거나 친구에게 섭섭함을 느끼기도 하고 좋아하는 일이 갑자기 싫어지기도 하지요. 때로는 피해자가 된 듯한 기분을 맛볼지도 몰라요.

그렇게 생각해 보면 자신의 행복은 물질이나 다른 사람이 만들어내는 것이 아니라 스스로 만들어낸다는 것을 알 수 있어요.

'자신에게 가치 있는 것'은 그 존재가 가져다주는 넘치는 기쁨, 즉 넘치는 기쁨을 언제나 느낄 수 있는 것이 우리들의 행복인 것이지요.

돈이 줄거나 재난이 닥쳐도 그런 행복을 항상 느낄 수 있다면 얼마나 좋을까요. 이것을 이룰 수 있는 간단한 방법이 있어요.

첫째, 어떤 일이든 '감사하는 마음' 가지기

둘째, 어떤 때든 '더 잘되고 싶다는 마음' 가지기

이 두 가지 마음을 가지고 있으면 기쁨의 샘이 마르는 일은 없을 거예요. 또한 이 방법은 무슨 일이 있어도 피해자 의식에 빠지지 않고 살아갈 수 있는 비결이기도 해요.

하지만 어쩌면 당신은 이런 생각을 할지도 모르겠어요.

'감사하는 마음이 중요한 건 알지만 나를 힘들게 한 사람에게는 도저히 감사하고 싶은 마음이 들지 않아.'

그래서 감사와 함께 필요한 것이 바로 '더 잘되고 싶다는

마음'이에요. 앞으로 더 잘되고 싶다는, 성장하고 싶다는 마음을 가지면 아무리 고통스러운 일일지라도 거기서부터 감사를 느끼는 것이 결코 어려운 일이 아닐 거예요.

고통 속에는 반드시 자신에게 열매가 되는 것이 있다는 사실을 믿고 나아간다면 언젠가 미래에는 고생한 보람이 있었다고 기뻐할 날이 반드시 올 거예요.

저 또한 사람으로 인해 상처받고 사는 것이 고통스러웠을 때, 이런 생각을 하려고 노력했어요.

'내가 성장해 나가는 과정을 리얼하게 체험하는 이야기, 그것이 인생이다.'

'모든 건 내가 만들어내는 이야기야! 이 이야기는 분명 해피엔드로 끝날 거야!'

그렇게 제 스스로를 다독이니 미워했던 사람을 달리 받아들일 수 있게 되었어요.

'그는 단지 미움 사는 역할을 리얼하게 연기하는 연기자일 뿐이야.'

저의 성장 이야기는 결국 여러 사람이 함께 하기에 완성

될 수 있는 것이었어요. 이렇게 생각하자 저와 관계된 모든 사람에게 자연스레 감사하는 마음이 솟아났어요.

감사와 기쁨은 언제나 함께 움직여요. 기쁨에 감사하는 마음이 넘쳐나면, 가슴에는 기쁨이 가득 차는 것이지요.

감사와 기쁨은 특별한 것에만 솟아나는 감정이 아니에요. 어제보다 조금 더 푸른 하늘, 작은 새의 아름다운 지저귐, 길가에 핀 꽃, 맛있는 식사, 옆 사람의 미소…….

평소 무심히 지나치던 것에 감사와 기쁨을 전하며 많은 가치 있는 것에 둘러싸여 살아가기를 바랄게요.

06

마음이 무너져 버리기 전에

힘껏, 곧게, 위로 향하여 희망의 빛 찾아……

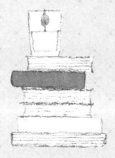

우울해……

마음이 무너져버릴 것 같아…….

혹시 지금 이런 기분을 안고 있다면 반드시 다음을 읽어 보세요.

인간은 평생 고민하며 사는 동물이기에 살아 있는 한 고민은 사라지지 않아요. 하나 또 하나 고민거리가 생기기에 계속 머리를 쓰고 마음을 쓰며 새로운 아이디어를 생각해 내지요. 우리는 이러한 반복을 통해 성장하기에 계속 고민하는 것은 계속 진보하는 것과 같아요.

중요한 것은 고민에 마음이 묶여 우울한 기분이 들었을 때 한시라도 빨리 거기서 빠져나오는 것이라고 생각해요. 다시 말해 '나'의 세계에 틀어박히지 않는 것이 제일 중요해요! 우울한 기분에서 빠져나오기 위한 최선책은 '나'의 세계에서 '모두'의 세계로 의식을 향하게 하는 것이에요.

보통 고민에 부딪히면 이런 생각을 많이 하게 되죠.

'어째서 나만 이런 거야? 나는 이제 어떻게 되는 거지?

더 이상 난 안 돼……'

자신에 대한 걱정만 하게 되어, 어차피 사람들은 내 고통을 모른다는 생각을 한다면 이것이 바로 '나'의 세계에 틀어박혔다는 증거예요.

그럴 때는 자신의 것으로 가득 찬 마음을 다른 누군가 소중한 사람에게 향하도록 해보세요. 그것이 '모두'의 세계로 의식을 돌리는 길이에요.

그렇게 하여 도움을 받은 사람들이 제 주변에도 많이 있어요. 그중 세 사람의 이야기를 소개해 볼게요.

실연을 당한 친구가 있었어요…….

이 친구는 살아갈 기력을 잃어 자살을 시도하다가 문득

어머니의 얼굴이 떠올랐다고
해요. 그러자 어머니를 슬프게
해서는 안 된다는 생각으로 가
슴이 저려와 자살하려던 마음을 접었다고 해요.

자해를 반복하던 한 소녀가 있었어요…….

이 소녀는 눈물을 흘리며 자신을 꾸짖어준 한 사람 때문
에, 그 사람이 해준 말을 생각하며 세상을 향해 다시 한번
일어서기로 마음먹게 되었다고 해요.

구조조정으로 직장에서 쫓겨난 남자가 있었어요…….

그는 생활고에 시달리던 끝에 모든 것을 내팽개치고 죽고
싶었다고 해요. 그는 자신만 생각하면 죽을 수 있었지만 아
이들의 아버지로서는 도저히 세상에 질 수 없었어요. 그는
다시 한번 살아갈 다짐을 했다고 해요.

마음이 깊은 바닥 아래로 가라앉아 있다면 있는 힘껏 곧
게 위로 향하여 '희망의 빛'을 찾아보아요. 희망의 빛을 가져
다주는 것은 가족이나 지인뿐만이 아니에요. 앞으로 만나게

될 사람들도 포함된답니다.

그러니 이렇게 생각해 보세요.

'눈앞의 벽을 이겨내고 올라서면 꿈에 가까워진다.

내가 더욱 성장하면 그 꿈을 이룰 수 있다.

그러면 더 많은 기쁨을 얻을 수 있을 것이다.

나는 많은 사람들에게 도움을 줄 수 있을 것이다……'

어둠에서 미래로 희망을 이어나가 보아요.

지금 당신 앞을 가로막고 있는 장벽이 있다 해도 돌파하지 못할 장애물은 없어요. 마음을 가다듬고 자신만이 아닌 다른 사람의 행복을 진지하게 생각해 보세요.

자신 이외의 소중한 사람에게로 마음이 향하면 그 사람이 당신의 마음에 밝은 빛을 비춰줄 거예요.

바로 그때, 당신이 발전할 수 있어요.

소중한 사람의 힘과 당신의 힘이 합쳐졌을 때 비로소 마음이 움직여 어떠한 벽도 극복할 수 있어요.

07:
_____

격정 안 하기 연습

당신의 가능성을 믿어 보세요

지금 당신의 가장 큰 걱정거리는 무엇인가요?

미래? 돈? 직업? 인간관계? 결혼? 이혼? 노후?

걱정은 하나가 없어지면 또 다른 걱정거리가 끝없이 생겨
나고, 또 나이 드는 것이나 죽음처럼 거스를 수 없는 문제도
많아요.

이렇듯 걱정이 일생 사라지지 않는다고 한다면, 걱정거리
를 없애는 것이 아닌 '걱정하는 습관'을 없애도록 해보세요.

절대 불가능한 일이라고 생각하지 마세요. 여기 좋은 방
법이 있어요.

우선 실행할 것은, 지금부터 1시간 동안 걱정하지 않는
거예요. 만일 시간을 다 채우지 못하고 걱정을 하기 시작했

다면 다시 기분을 환기시켜 보세요.

'앞으로 30분 동안은 그 문제에 대해 생각하지 않기!'

'걱정할 필요 없어. 그렇게 정해진 게 아니야. 단지 그렇게 생각되는 것뿐이야.'

1시간 동안 걱정하지 않을 수 있었다면, 다음은 반나절, 그다음은 하루…… 이런 식으로 일주일간 도전해 보세요.

일주일이 지나고 나면 당신은 느낄 수 있을 거예요.

'사서 걱정하며 힘들어하는 일 따위는 더는 하고 싶지 않아.'

비단 그뿐만이 아닐 거예요. 당신에게는 분명 '대박!'이라

고 느낄 만한 일이 생길 거예요. 걱정하는 데 쓰는 에너지를
다른 곳에 쓴다면 행운의 일부를 끌어당길 수 있기 때문이
지요.

　예전의 저는 걱정거리를 달고 사는 사람이었어요. 너무
많은 생각들로 스스로를 괴롭히며 살았어요. 그러다 문득
이런 생각을 했어요.
　'이렇게 걱정하며 살든 태평스럽게 살든, 인생은 인생일
뿐이야. 그렇다면 걱정하는 데 쓰는 에너지를 보다 긍정적
인 것에 쓰고 싶어!'

이때 저는 '걱정 안 하기 습관'을 만들게 되었어요.

'걱정을 할 것인가, 안 할 것인가'는 '자신의 가능성을 믿을 것인가, 믿지 않을 것인가'와 같다는 사실을 알아차리고 제 자신의 가능성을 믿기로 했어요.

그리고 실행한 것이 앞서 말한 방법이에요. 걱정 안 하기 습관을 들인 이후에는 이미 결정을 내린 사항에 대해서는

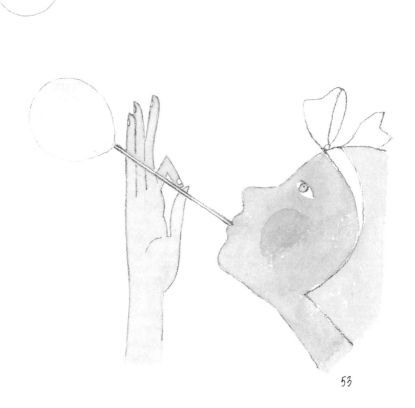

망설이는 일이 없어졌어요.

또한 '걱정보다는 믿음', '포기보다는 도전'한다는 마음을 가지고 일을 시작하자 점점 좋은 일이 생기는 것을 느낄 수 있었어요.

걱정 안 하기 습관을 들이면 삶에 즐거움이 커져요. 인생을 적극적으로 살게 되어 삶이 점점 즐거워져요.

무턱대고 언제까지나 걱정하지 않기로 정하지 말고, 일주일 단위로 나누어 걱정하지 않는 연습을 하다 보면 이는 점차 몸으로 익히며 습관이 돼요.

걱정으로 인해 끙끙대며 허둥지둥 당황하지 말고 자신의 가능성을 믿고 설레는 마음과 도전하는 자세로 삶을 바라보는 연습을 지속적으로 반복해 보세요.

걱정거리가 없어지지 않는다고 슬퍼하거나 걱정을 달고 사는 버릇은 절대 고칠 수 없다고 포기해서는 안 돼요. 자신을 힘차게 격려하며 계속 도전해 보세요.

본래의 당신은 걱정이 무엇인지 모르는 호기심 많은 어린 아이처럼 밝고 천진난만한 마음을 가지고 있을 거예요.

이러한 당신의 본질은 걱정 안 하기 습관을 몸에 익히면 다시 나타날 거라고 생각해요. 그리고 두 번 다시는 없을 인생을, 지금보다 더욱 적극적으로 살기 시작할 거예요.

08

무리하고 있지 않나요?

당신 인생에서 우선순위는 무엇인가요?

당신은 지금 열심히 일하는 것이 즐거운가요?

아무리 바빠도 목표를 향해 두근두근 설레며 일하고 있나요?

그렇지 않으면, 마음 어딘가 공허함을 느끼며 힘들어하고 있나요?

혹시 힘들어하고 있다면 일중독에 빠져 있을지도 몰라요.

힘들고 공허함에도 계속해서 일하는 이유는 무엇인가요? 그 이유를 찾아 마음속 깊이 들어가 보면 그 끝에는 무의식 중에 죄악감이 자리한 경우가 있어요.

'나는 이제껏 부모의 기대에 부응하지 못했어. 주변 사람들을 실망시켰어. 이런 내가 죽기 살기로 일하지 않는다면 이 세상에 존재할 가치가 없어……'

일하지 않는 것은 죄악이라고 스스로 정하고, 쉬고 싶어도 스스로에게 쉼을 허락하지 않고 계속해서 일하게 되는 것이지요. 단지 일을 계속하는 것으로 죄악감에서 벗어나고 싶어 하지요.

하지만 이는 진심으로 자신이 원하는 것이 아니기에 결국 일을 계속하다가는 기력을 완전히 소진하고 말 거예요.

혹시 당신 마음속에도 '쉬고 싶어도 쉬는 것을 허락하지 않는 자신'이 있다면, 나는 별로인 사람 혹은 나는 쓸모없는 사람이라는 자의식을 벗어던지고 일을 통해 맛볼 수 있는 순수한 기쁨을 되찾아 보세요.

죽기 살기로 일하지 않으면 자신이 세상에 존재할 가치가 없다고 여기는 것은, 보통 어린 시절의 기억으로부터 생겨나요. 이를테면 자신의 가치를 인정받지 못했던 어린아이로서의 기억을 성인이 되어서까지 마음에 품는 탓입니다. 하지만 이러한 생각은 전부 착각이에요.

사람은 무언가를 열심히 하지 않는다고 해서 가치가 떨어지거나 하지 않아요. 당신은 지금보다 더욱 즐겁게 살아도 되고, 힘들면 쉬고, 고통스러우면 다른 사람에게 어리광을 부려도 돼요. 그러니 자신에게 너그러워지세요.

죄악감은 어른이 된 이후에 사소한 일로 인해 쉽게 생겨나기도 해요. 예를 들어 거짓말을 하거나, 좋아하지도 않는 사람과 사귀거나, 다른 사람에게 상처를 주고 폐를 끼치거나 도와주지 않는 등……

죄악감에서 벗어나기 위해 그 일 혹은 그와 관련된 사람을 피하든 반대로 그의 비위를 맞추든 어떤 태도를 취해도 당신은 평온을 찾지 못할 거예요. 죄악감에 얽매인 채로는 무엇을 해도 행복하지 않기 때문이지요.

인생을 자유롭게 살아가기 위해서는 본인의 의지대로 하지 못하는 자신을 탓하고 벌하기보다는 '자신을 용서하는 마음'을 가지는 것이 중요해요.

아무리 해도, 즐기면서 일할 수 없다면 지금 하고 있는 일이 진정 당신이 원하는 일이 아닐지도 몰라요.

　더는 무언가에 쫓기듯 비통한 얼굴로 일하지 마세요. 심신이 너덜너덜해지기 전에 잠시 한숨 돌리고, 가슴이 뛰는 일을 찾아 재출발하는 것도 하나의 방법이라고 생각해요.

　보람 있는 일을 하며 당신의 인생을 보내는 것을 제일 먼저 생각하세요.

09. _____

가치없는 일은 없어요

왜 힘든가요? 당신 안에 숨은 진짜 이유를 찾아보아요!

'일이 재미없어. 피곤해. 의욕이 없어.'

혹시 지금 이런 생각을 하고 있다면 스스로를 꾸짖기 전에 자신의 마음속을 한번 들여다보세요.

지금 하는 일이 재미없는 이유는 보람이 없기 때문인가요? 매일 잡일이나 하고 있다고 생각하나요?

그렇다면 한번 마음속을 정리해 보는 것이 좋을 거예요. 우리가 사회를 살아가는 데 있어 잡일, 즉 가치 없는 일이 있을까요? 회사 업무든 집안일이든 그 일이 존재하는 이유는 우리가 살아가는 데 그것이 필요하기 때문이에요. 누군가 그 일을 하지 않으면 안 되기 때문이에요.

그렇다면 잡일이 따로 있는 것이 아니라, 그 일을 '잡일'이라 치부하는 마음이 문제일지도 몰라요.

자신이 하는 일을 '잡일'이라고 느끼고 있다면, 그 배경에는 '나는 하찮은 일을 하고 있어.'라는 가치판단이 선 거예요.

왜 그런 판단이 선 것인지 조금 더 깊숙이 내면의 심리를 알아보도록 해요.

'열심히 일하는데도 아무도 내게 관심 갖지 않아.'

'나는 사회에 아무런 도움이 되지 않아.'

'매일 같은 일을 반복할 뿐 전혀 발전이 없어.'

'굳이 내가 아니라도 누구든 할 수 있는 일이니까.'

왜 당신은 이런 생각을 갖게 되었을까요? 그 이유를 스스로에게 물어보세요.

아무도 내게 관심 갖지 않는다고, 사회에 아무런 도움이 되지 않는다고 느끼는 것은 어쩌면 잡일을 해 봤자 누구도 인정해주지 않는다는 혹은 인정받지 못하면 자신의 가치를

느낄 수 없다는 불안감이 있기 때문일지도 몰라요.

같은 일을 반복할 뿐 전혀 발전이 없다고, 굳이 내가 아니라도 누구든지 할 수 있는 일이라고 느끼는 것은 나를 계발하고 싶다거나 특별한 사람이 되고 싶다 또는 잡일을 계속하다가는 하찮은 인간이 될지도 모른다는 두려움 때문일지도 몰라요.

이렇듯 마음속 깊이 숨어 있는 자신의 생각에 대한 이유를 알면 그에 대처할 수 있어요.

불안감이나 두려움을 완화시키려면 '하찮다'고 치부하게 되는 그 마음을 바로잡아 보세요. 생각의 전환이 필요해요.

첫째, 자신의 일의 가치는 스스로 만든다!

주변에서 평가해주지 않더라도 스스로 자신을 평가할 수 있는 자세로 일에 임하도록 하세요.

효율을 생각하여 여러 가지 아이디어를 고안해 자신의 능력에 도전해 보세요. 누군가는 분명 그런 당신의 모습을 눈여겨보고 있을 거예요.

둘째, 자기를 계발할 의욕이 있다면 무엇을 하든 성장할 수 있다!

자신의 일 또는 다른 이로부터 부탁받은 일을 귀찮게 여기며 성의 없이 하지 말고 그동안 하던 것 이상으로 마음을 담아 정성껏 일해 보세요.

아무리 작은 일이라도 진심을 다해 일을 끝내면 그것이 당신의 삶의 자세가 될 거예요. 일상의 작은 일이 당신을 변화시키고 발전시킬 거예요.

인생의 한 시기에, 어떤 환경에 속해 일원이 되고자 한다면 싱글벙글 웃으며 그곳의 사람들에게 도움이 되도록 기여해 보세요.

그런 마음가짐으로 일한다면 당신의 인생에서 '하찮은 일'은 분명 사라질 거예요.

10. _____

누군가를 위해서가 아닌,
당신을 위해서

행복하게 해주고 싶은 마음 그대로를 전할 때!

'다른 사람을 위해 열심히 했는데 왜 이렇게 힘들지?'

'할 수 있는 걸 해주었는데, 이 견딜 수 없는 공허함은 뭐지?'

이런 생각이 든다면 잠시 멈춰 서서 생각해 보세요.

상대방을 위해서 무언가 해주는 것은 보기에는 좋아 보이지만, 해준 사람은 진심으로 행복하지 않은 경우가 종종 있어요.

누군가를 위해 무언가 해줄 때, 실은 정말 하기 싫다는 생각이 들지는 않나요? 이런 생각을 마음속에 꾹 누른 채 견뎌내며 무리하지는 않았나요?

자신이 희생한다는 마음으로 무언가를 하게 되면 또 다른 감정을 참고 견디거나 무리하게 되어 상대에게 어떠한 대가

나 칭찬을 받고 싶게 되지요.

'나는 이렇게나 해주는데…….'

이러한 당신의 마음은 상대에게 있어 상당히 부담스러운 일이에요. 또한 그러한 마음을 알게 되면 진심으로 감사하거나 칭찬하고 싶은 마음이 들지 않을 수도 있어요. 그 결과, 당신은 누구에게도 보답받을 수 없는 슬픔을 안게 되어 버려요.

희생은 아무리 쌓여도 사랑이 되지 않아요. 희생과 사랑은 행위는 같아 보일지 몰라도 '동기'가 전혀 다르기 때문이에요.

예를 들어 자신이 가지고 있는 친절함, 시간, 돈, 섹스 등 그것을 좋아하는 사람에게 내밀 때의 마음을 생각해 보세요.

그 사람을 사랑하기에 행복하게 해주고 싶어 하는 것이라면 상대는 진심으로 기뻐할 거예요. 물론 당신도 상대방의 행복을 자신의 행복이라 여기며 기뻐할 거예요.

하지만 희생하려는 감정이 앞서게 되면 베푸는 입장임에

도 '어쩔 수 없어.', '미움받고 싶지 않아.', '이 사람을 화나게 하고 싶지 않아.'라는 의무감이나 공포심이 마음을 가로막게 되지요. 당신의 마음을 알아채면 상대방 역시 진심으로 기뻐할 수 없을 테고, 상대가 기뻐해주지 않으면 당신은 상처를 받을 거예요. 그럼 결국 두 사람 모두 진정으로 행복해질 수 없어요.

만약 당신이 누군가를 위해 무엇을 해주는 데 있어 힘이 들고 허무하거나 견딜 수 없는 마음이 인다면 자신이 도대체 무엇을 두려워하는지 알아보세요. 혹시 이렇게 믿고 있는 건 아닐까요?

'다른 사람을 위해 하는 일을 그만둔다면 그는 더 이상 날 필요로 하지 않을 거야.'

'도움이 되지 않으면 나는 가치가 없어져.'

이런 믿음을 가지고 있으면 자신을 위한 것은 제쳐두고 남을 위한 희생적인 행동을 하기가 쉬워져요.

가치는 생명과도 같아요. 타인이 정해주는 것이 아니라

태어난 순간부터 가지는 것으로, 이미 당신이 지니고 있는 거예요. 그 가치를 실감하려면 자기 자신을 진심으로 사랑하는 수밖에 없어요.

자신의 솔직한 감정을 더욱 소중히 하세요. 희생은 감정을 억눌러야 하는 경우도 있기 때문에 이제부터 가능한 한 자신의 솔직한 감정을 따르도록 하세요.

솔직한 감정에 '좋고 나쁘다'는 없어요. 마음 깊은 곳에서부터 누군가에게 무언가를 해주고 싶다면 그렇게 하면 되는 거예요. 진심에서 나오는 행동으로 생겨나는 기쁨과 충족감을 충분히 맛보길 바랄게요.

11

행복한 만남을
끌어당기기 위해

행운을 옮겨다주는 사람들

인간이 태어나서 죽을 때까지 '이미 정해진 인생'을 걸어간다고 생각하나요?

나의 대답은 '예' 그리고 '아니요' 둘 다예요.

'예'는 숙명이라 불리는 거예요. 부모, 가정환경, 신체적 특징이나 재능, 죽음 등이 있어요.

'아니요'는 사회적 성공이나 건강의 정도, 행복의 정도, 만남 등이 있어요. 숙명을 바꾸는 건 불가능하지만 운명은 바꿀 수 있다고 생각해요.

운명運命은 즉, 움직이는運 명命이에요. 무엇에 의해 움직일 수 있을까요? '우연히 만나는 사람들'에 의해 움직일 수 있어요.

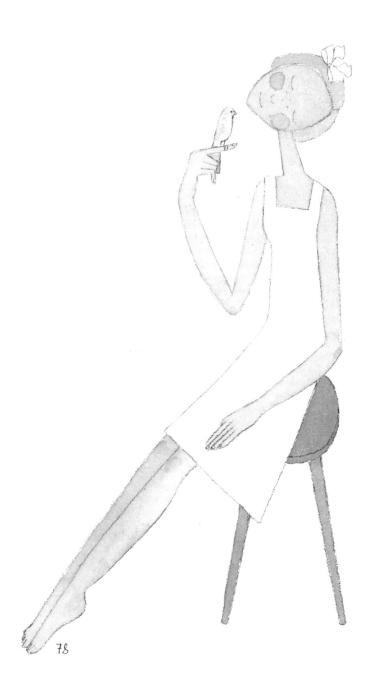

78

일이나 결혼 생활을 잘 유지하느냐 못하느냐 하는 인생의 '행운과 불운'은 '어떤 사람과의 우연한 만남'으로 결정된다고 말해도 좋아요.

그러나 자신의 인생에 '사람'을 가까이 끌어당기는 것은 타인이 아닌 스스로의 몫이에요.

일류 디자이너의 꿈을 품고 살던 어떤 여성은 그 길을 열어준 사람, 좌절에 빠뜨린 사람, 기회를 준 사람을 각각 우연히 만나게 되었어요.

그녀는 가슴 벅찬 미래를 구체적으로 체험케 한 멋진 인물들을 만난 것이지요. 물론 좌절에 빠뜨린 사람도 포함해서 말이에요.

오로지 일류 디자이너가 되겠다는 꿈을 품고 있던 그녀는 제일 먼저 '디자이너의 길을 열어준 사람'을, 그 후 한동안 잘난 체하며 자만해진 그녀를 '좌절시킨 사람'을, 그리고 겸허함을 되찾게 '기회를 준 사람'을 가까이 두었어요.

우리들의 운명도 이와 같이 움직이고 있어요.

부정적인 생각이 심해지면 고난을 초래하는 사람을 곁으로 끌어당기게 되지요. 그 어떤 것도 자기 하기 나름이에요.

그러니 항상 마음을 '행복을 향한 밝은 생각'으로 가득 채워 인생에 행복을 가져오는 사람을 자신 가까이 두세요.

행복을 향한 밝은 생각이 어떤 것인지 단번에 와 닿지 않는다면 이렇게 한번 생각해 보세요.

당신이 느끼기에 어떤 사람을 도와주고 싶은가요? 그는 어떤 마음으로 열심히 사는 사람인가요? 자신의 숙명을 가만히 받아들이고 꾸준히 노력하는 사람? 아니면 항상 웃음 띤 얼굴로 주변 사람들에 대한 고마움을 잊지 않는 사람?

당신이 돕고 싶은 사람과 같아질 수 있도록 목표를 세우세요. 그것이 '행복을 향한 밝은 생각'이에요.

작은 시샘이나 자만심, 나쁜 습관, 비겁함은 순식간에 커져 버리기에 행복으로부터 멀어지게 만들어요.

자신은 특별하다는 자만심에 빠지거나 누군가를 후회하

게 만들어주고 싶다는 심술궂은 마음이 들 때는 주의가 필요해요!

혹시 그런 감정이 조금이라도 떠오를 때면 '당신 덕분이에요!'라는 마음을 상기시켜 보세요. 지금 당신이 이렇게 살아갈 수 있는 것은 주변 사람들 덕분이에요. 지금 가지고 있는 행복은 다른 사람들이 옮겨다준 거예요.

그 마음을 항상 가슴에 새기고 잊지 않는다면 행복은 언제나 당신 옆에서 함께 할 거예요.

발밑에 있는 작은 행복에도 감사하며 큰 행복을 당신 가까이 당기세요.

12. _____

당신도 사랑받아야만
하는 한사람

진심으로 사랑하고, 사랑받는 것

'멋진 사랑을 하고 싶어.'

'이상형의 남자에게 사랑받고 싶어.'

이런 바람을 가지고 있는 여성분들이 많이 있을 거예요.

하지만 좀처럼 좋은 사람을 만나지 못하고 연애가 결혼으로 이어지지 않는다면 자신의 외모나 성격이 매력이 없다고 생각해 자신감을 잃어버리기도 하지요. 그러나 '사랑'이 이루어지지 않은 진짜 원인은 당신의 마음 깊숙한 곳에 있을 가능성이 있어요.

구태여 의식하지 않아도 마음속에서는 이런 생각을 하고 있을지도 몰라요.

'연애가 두려워.'

'딱히 결혼 안 해도 돼.'

마음이라는 것은 무서울 정도로 충실히 무의식을 반영해요. 머리로는 '사랑이 하고 싶어.', '이제 슬슬 결혼을 해야 하는데…….'라고 생각해도 마음속에서 제동을 걸면 강렬한 브레이크가 발휘하여 사랑의 결실을 맺지 못하게 만들어 버리고 말아요.

연애에 브레이크가 걸리는 주원인은 두 가지로 생각할 수 있어요.

하나는 과거의 실연입니다. 과거의 일로 심하게 상처를 받은 채, 여성으로서의 자신을 되찾지 못하는 경우예요.

'또다시 상처받을지도 몰라.'

두 번 다시 힘들어하고 싶지 않은 두려움 탓에 연애에 빠져들지 않도록 방어하게 되지요. 만약 당신이 그런 상황에 있다면 스스로에게 맹세해 보세요.

'이제부터 나는 마음의 상처를 치유하고 자신감을 되살아나게 해줄 사람을 좋아하게 될 거야!'

반드시 실행에 옮겨 공포에 움츠러든 마음을 풀면 당신만

85

의 매력이나 순박함이 나타날 거예요. 그러면 이번에야말로 멋진 사랑을 할 수 있을 거예요.

또 하나의 원인은 이렇게 믿고 있는 경우예요.
'나 같은 건 진정으로 사랑받을 리 없어.'
이는 어린 시절에 부모로부터 충분히 사랑받지 못한 사람에게서 많이 볼 수 있어요. 그중에는 실제로는 사랑을 충분히 받았는데도 부모의 엄격한 태도에 주눅이 들어 자신은 사랑받지 못하는 사람이라고 잘못 이해하는 경우도 있어요.

그렇게 되면 자신은 사랑받을 가치가 없는 사람이라고 생각하여 스스로의 가치를 떨어뜨리기 때문에 상대가 사랑을 고백해도 그 말을 거짓이라고 받아들이기도 해요. 이래서는 사랑을 시작해도 진전이 없어요.

앞서 말한 원인에 자신이 해당된다고 생각한다면 이 말을 스스로에게 자주 들려주세요.
'내가 진심으로 사랑받는 건, 내가 진심으로 사람을 사랑한 결과.'

목숨을 걸고 사랑하는 사람이 되어 보세요. 그 정열이 분명 멋진 체험을 하게 해줄 거예요.

우리들은 '사랑'을 알기 위해 세상에 태어났어요. 하지만 전혀 상처받지 않고서 사랑을 알 수는 없어요. 사랑의 위대함은 사랑이 없는 상태를 체험하고서야 비로소 알 수 있는 것이기 때문이에요.

곰보 자국도 보조개로 보이는 '사랑'이 시작되어, 곰보 자국을 있는 그대로 곰보 자국으로 받아들이는 '사랑'에 눈을 떠가는 것이 '연애'예요. 당신의 파트너가 될 사람은 당신의 결점마저도 사랑해주는 사람이에요.

13.

언제나 변함없는
당신으로

즐거울 때는 즐거운 대로, 슬플 때는 슬픈 대로

'딱히 싫어하는 건 아닌데 함께 있으면 피곤해⋯⋯.'

이런 경험한 적 있지 않나요?

혹시 당신이 누군가에게 이렇게 여겨지고 있지는 않은가요?

당신은 열심히 하는데도 이상하게 상대가 힘들어한다면 자신의 태도를 되돌아보세요. '신경을 쓰는 것'과 '눈치가 빠른 것'은 달라요.

신경을 쓰는 사람이 일을 하면 '나는 이렇게 당신을 신경 쓰고 있어요.'라는 공기를 퍼뜨리게 되지요. 접대를 할 때도 일을 도와줄 때도 귀가 솔깃한 정보를 제공해줄 때도 그렇지요.

또한 상대의 반응에 굉장히 신경을 쓰기 때문에 상대는

그에 대해 일일이 감사의 말을 하거나 칭찬을 해야 한다는 부담을 갖게 되어 쉽게 지쳐 버려요.

반면, 눈치가 빠른 사람은 티가 나지 않게 자연스레 일하기 때문에 상대는 도움을 받은 것조차 눈치채지 못하는 경우도 있어요.

눈치가 빠른 사람은 처음부터 답례를 기대하지 않기 때문에 상대는 필요 이상으로 마음 쓸 필요가 없어 좋은 인상만이 남게 되는 것이지요.

'신경을 쓰는 것'과 '눈치가 빠른 것'의 차이는 어디에 있는 것일까요? 그 차이는 상대에게 쓸데없는 신경을 쓰게 하는가, 그렇지 않은가에 있어요.

상대가 불필요한 신경을 쓰지 않도록 하려면 어떻게 해야 할까요?

답은 '자신이 상대에게 불필요한 신경을 쓰지 않는 것'이에요. 당신이 편하게 있으면 상대방도 똑같이 편하게 있을 수 있어요.

그러나 우리들은 그 사실을 깜빡 잊고서는 체면을 차리느라 긴장해 버리고 말아요. '지금 이대로의 내 모습으로는 안 돼.'라고 믿는 탓이에요.

가능한 편안하고 꾸밈없는 자신으로 있으려면, 지금의 나로는 사랑받지 못할 거라는 마음을 말끔히 없애야 해요.

가장 먼저 할 일은, 무엇이든 사랑받을 수 있는 일을 해야 한다는 생각에 무턱대고 신경을 쓰고 있는 자신을 알아차리는 거예요.

무리하게 즐거운 척을 하거나, 참아가며 비위를 맞춰주고, 지나치게 돌봐주거나 사양하는 등……. 그런 필요 이상의 일을 하지 않았는지 돌아보세요.

하지 않아도 되는 일에 마음을 빼앗긴 자신의 모습을 알아차린다면 '더 이상 그런 노력은 하지 않아도 돼.'라는 마음가짐으로 그 자리에서 그만두세요.

'언제든 꾸미지 않은 나로도 충분히 괜찮아.'라고 끈기 있게 자신을 설득하여 필요 없는 믿음으로부터 해방되도록 하세요.

　가장 중요한 것은 당신 스스로가 그 자리를 즐기는 거예요. 다음으로 중요한 것은 그 자리에 있는 사람들과 행복을 공유하는 거예요.

　사람들과 있어도 자신이 피로해지지 않고, 상대방에게 해주고 싶은 것을 주저 없이 해줄 수 있게 된다면 지금까지 몰랐던 마음과 마음의 교감이 시작될 거예요.

　즐거울 때는 즐거운 대로, 슬플 때는 슬픈 대로 마음이 이어져 있는 감각. 그런 더할 나위 없이 소중한 일체감을 맛볼 수 있게 될 거예요.

14.

서로 상처주지 않기 위해서

유익한 싸움 vs 불필요한 싸움

친하면 친할수록 싸운다, 싸우면 전보다 더욱 친해
진다는 말이 있어요. 하지만 싸울 때마다 서로의 마음에 상
처를 주어 거리가 생긴 경험이 있지 않나요?

싸움에는 두 가지 측면이 있어요.

여느 때보다 깊은 의사소통으로서의 '유익한 싸움'과, 서
로에게 상처주어 틈을 깊이 만드는 '불필요한 싸움'이에요.

만약 당신이 친한 사람과 아무런 도움도 되지 않는 싸움
을 해버렸다고 느끼고 있다면 그 이유를 생각해 보세요.

가족, 배우자, 사랑하는 사람, 친구들과 말다툼이 일어났
을 때 당신은 어떤 기분으로 자기주장을 내세우나요?

흥분하면 어떻게 행동하나요?

싸움이 일어나면 '내가 말하는 것이 맞고 너는 틀렸어.' 같은 마음이 들기 때문에 화가 나게 되지요. 그러면 상대의 주장을 되받아치려고 대들게 되어 상대의 이야기는 듣지 않게 돼요.

게다가 분위기가 더욱 악화되면 상대를 말로 꺾고 싶어 하기 때문에, 본래의 주제는 제쳐놓고 인격을 매도하기 시작하는 사람도 있어요.

당신도 그런 식으로 반격을 당하거나 매도를 당해서 상처를 받은 경험이 있지 않나요? 혹은 상대방에게 그런 상처를 주지는 않았나요?

말다툼이 일어났을 때 주고받은 폭언은 사이가 좋아지더라도 기억 속에 계속해서 남아 있어요. 몇 번이고 생각나서 그때마다 슬퍼지지요.

폭언을 내뱉은 쪽은 흥분하는 바람에 입 밖으로 나온 것이라 기억하지 못하는 경우도 있지만, 그런 싸움을 계속해

97

서 반복하여 마음이 닳아버리면 '언젠가 갚아주고 말 거야!'
하고 복수심을 품는 경우도 있어요.

사랑하는 사람과 싸우고 헤어진 한 여성은 이렇게 고백하
기도 했어요.

"무슨 말만 하면 무조건 부정하는 그에게 뼈저리게 느끼
게 해주고 싶었어요. 언제나 설득당해 버려서 정말로 비참
했었죠."

아무리 친한 관계라고 하더라도 의견이 맞지 않을 때도
있고 그로 인해 화가 나는 일도 얼마든지 있어요. 아무리 그
래도 서로 상처만 주는 싸움은 필요하지 않아요.

최소한 절대로 폭언은 내뱉지 않도록 자신만의 규칙을 정
해두세요.

예를 들면 '말다툼을 해도 인격에 대해서는 언급하지 않
는다. 반론하지 않고 우선은 상대의 이야기를 듣는다. 세 번
심호흡을 하고서 의견을 말한다.' 같은 것이에요.

상대에게 쏘아붙이기보다 훨씬 중요한 것은 서로에게 다

가가는 것이에요.

상대의 이야기에 귀를 기울여 '자신의 화를 지나가게 내버려두는 것'도 '자신의 사정을 보류하는 것'도 서로에게 다가가는 큰 타협의 길이에요.

문제가 일어났을 때, 어느 쪽이 타당한지를 지나치게 따지면 행복은 달아나 버리고 말아요. 친한 관계일수록 상대가 행복하지 않게 되면 자신도 행복할 수 없어요. 하나의 행복을 함께 나누고 있기 때문이지요. 그 하나의 행복이 바로 '신뢰'예요.

그러니 서로에게 상처만 주는 불필요한 싸움이 아닌, 서로를 더욱 잘 이해할 수 있고 상대에 대한 신뢰가 훨씬 깊어지는 '유익한 싸움'을 많이 하세요.

15.
_____

부모와의 관계로
고민하고 있다면

당연히 받아야 하는 것은 없어요

'성인이 되어서도 부모님에 대한 반발심이 사그라지지 않고, 좋은 관계가 이어지지 않아.'

'부모님과의 관계가 생각처럼 좋아지지 않아. 서로 간에 마음이 통하지 않아서 슬퍼.'

이렇게 느끼고 있다면 우리 같이 한번 생각해 보도록 해요.

당신은 누군가에 대해 마음속 깊은 곳에서부터 고마운 감정이 우러나올 때 기분이 좋아지지 않던가요? 뭐랄까 마음이 따뜻해지지요.

만약 가족 간에도 그런 감정이 오가는 관계를 쌓아간다면 얼마나 좋을까요.

지금 당신의 마음속에 부모님에 대한 감사의 마음이 어느

정도 자리 잡고 있나요? 혹시 지금까지 부모님이 해준 것들을 '당연하게' 여기는 생각이 마음 한구석에 있는 것은 아닌가요?

부모님에게 무조건적으로 감사하는 마음을 방해하는 것이 있다고 한다면, 아마도 그것은 '당연하게' 여기는 당신의 생각일 수도 있어요.

당신이 태어나고서부터 부모님은 당신에게 이름을 지어주고, 밥을 해먹이고, 옆에서 늘 당신을 보살펴주며, 때로는 당신을 데리고 야외로 놀러가기도 하고, 당신이 아플 때는 밤새 곁에서 간호해주고, 또한 배움에 필요한 비용을 대주는 등 많은 일을 해주었어요.

당신이 여태껏 누리며 받아온 그런 일들이 부모라면 당연히 해줘야 하는 것이라고 생각하나요?

당신의 행복이나 건강을 걱정하는 것도, 그러나 그런 행동을 일일이 자식에게 말하지 않는 것도 부모이기에 당연한 걸까요?

다른 부모와 비교해서는 안 돼요. 자신의 부모님을 비난

하기 이전에 부모님이 당신에게 해준 것들, 그리고 지금까지도 해주고 있는 것들을 당연하다고 여기는 일은 이제 그만하세요.

부모 자식 간의 문제는 어느 가정에나 흔히 있는 일이에요. 저의 경우에는 10대 후반부터 시작되었어요.

'부모님이 하라는 대로 하기 싫어. 내 인생을 살 거야.'

이런 생각들이 커지면서 부모님에게 반항하기 시작했고 제 일은 스스로 결정하겠다고 마음먹었어요. 저는 꿈을 좇아 나가며, 실패하면 다시 다른 꿈을 좇아 그렇게 조금씩 부모님에게서 독립했어요.

그런 시간들을 거치며 어느새 저는 제 생각만 하고 있었어요.

'내버려두세요.', '쓸데없는 잔소리', '시끄러워.'

이런 마음이 몇 번이나 들었어요. 제 자신의 일만으로도 머리가 복잡해서 부모님의 입장이나 사정을 생각할 여유가 전혀 없었어요.

평화로워 보이는 가정에서도 부모 자식 간에 풍파가 일어나는 시기는 있는 법이에요. 자식이 부모에게 제 몫을 다할 수 있는 한 사람으로 키워준 것에 대해 감사하는 마음을 가

질 수 있기까지는 각자 시간이 필요해요. 그렇게 생각한다면 부모 자식 간의 문제는 필요악이며 누구든지 거쳐 가는 길인 거예요.

자식은 끊임없이 부모를 거울삼아 '나는 어떤 사람이 될까?', '어떤 인생을 살 것인가?' 하는 자문자답을 반복하며 자립심에 눈을 뜨게 되지요.

어린 시절에는 영웅이나 주인공처럼 보이던 부모님을 불완전한 보통의 인간으로 받아들일 때, 그때가 바로 아이가 성숙하여 어른이 되는 것이라고 생각해요.

무사히 어른이 되었다면, 이제는 당신이 부모님을 위로할

차례예요. 부모님을 부정하지 말고 생각하세요. 자녀를 키우는 큰일을 해낸 부모님에게 감사의 마음을 전해 보세요. 당신의 가슴에도 따뜻함이 전해질 거예요.

16. _____

당신은 외톨이가 아니에요

마음을 통할 기회를 주저하지 마세요

'내겐 친구가 없어, 외로워!'

만약 당신이 이런 감정들을 느끼고 있다면 주변을 잘 둘러보세요.

어쩌면 당신은 다른 사람과 마음이 통할 수 있는 기회를 보지 못하고 지나쳤을지도 몰라요.

저는 일 년에 두 번 정도 산을 오르지만, 왜 사서 고생하며 산에 오르는 것인지 자주 생각하곤 해요.

몇 시간 동안 산을 오르다 보면 '정상은 아직도 멀었나?' 하는 생각만 부풀어 올라요. 그럴 때 산을 내려오는 사람에게서 "이제 다 왔어요."라든지 "조금만 더 힘내세요."라는 말을 들으면 한없이 기뻐하게 되며 힘이 나요.

정상에 힘겹게 당도한 뒤 산을 내려오는 길에 정신을 차려보면, 이제는 제가 산을 오르고 있는 사람들에게 그 말을 건네고 있어요. 그때 저는 이런 생각이 들었어요.

'그래, 올라갈 때의 고통을 잘 알기 때문에 자연스레 상대의 마음을 헤아리게 되는 거구나.'

산에서는 연령이나 성별이나 직업 등의 차이를 넘어 모두가 마음을 합하지요. 목적지까지의 거리가 아무리 험난해도 서로 격려하며 행복한 결승점을 향해 가요.

결국 우리네 인생도 이와 닮았어요.

그런데도 어째서 평소에는 이렇게 마음을 한데 모으지 못하는 것일까요……?

어쩌면 그것은 우리의 마음가짐 하나로 바뀔 수 있을지도 몰라요.

'개인주의가 좋아.'

'타인에게는 상관하지 않는 것이 좋아.'

이와 같은 태도는 스스로 주변 사람들과 마음이 통할 수

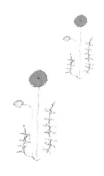

있는 기회를 없애 버려요. 그리고 점점 고립되는 것이지요.

타인에게는 상관하지 않는 것이 좋다고 생각해버리는 것은 자신의 기억 속에 이전에 깊이 관계했다가 좋지 않은 기분을 맛본 경험이 있었기 때문일지도 모르지만, 설령 그렇다고 하더라도 그런 방어막은 당신의 행복을 오히려 방해할 뿐이에요.

친구가 된 사람도, 좋아하게 된 사람도 모두 당신과의 첫날이 있었어요. 알지 못하는 사람들이 처음 만나고, 몇 번이고 계속해서 만남을 나누며 친한 친구나 동반자로 관계가

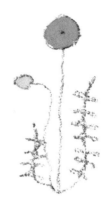

바뀌어 가지요.

　처음 만난 사람과 단 한 번의 만남으로 끝이 날지, 앞으로 꾸준히 이어질지는 인연 나름이에요. 그러니 인생의 여러 장면에서 마주치게 될 만남을 더욱 즐기세요.

　첫 대면에서 서로 마음이 통할 수 있는 대화법이 있어요. 어렵게 생각하지 말고 아래의 두 가지에 유의해 보세요.

　첫째, 자신부터 마음을 열기.

　당신이 먼저 상대방에게 말을 걸어 보세요. 상대와의 공

통점을 찾아 화제로 삼으면 분위기가 한결 부드러워지고 서로에게 친밀감을 느끼게 될 거예요.

이때 자신의 실수담을 공개하는 것이 무엇보다도 큰 효과가 있을 거예요. 웃음은 마음을 여는 특효약이니까요.

둘째, 자신이 원하는 것을 먼저 상대에게 건네기.

상대가 듣고 기뻐할 말을 먼저 전해 보세요. 상황에 따라 위로의 말이든, 수고의 말이든, 칭찬의 말이든 당신의 생각을 '말'로 표현하세요.

마음에 친 울타리를 벗어나 당신이 먼저 정직한 감상을 전한다면 상대도 분명 마음을 열어줄 거예요.

첫 대면이라고 단순히 무미건조한 이야기를 나누기보다는 슬쩍 당신의 속마음을 보여주세요. 더욱 즐거운 대화로 이끄는 것은 물론 당신의 매력을 드러내 보일 수 있을 거예요.

17

알아 주세요, 자신의 마음을

당신의 진심을 알고 싶지 않나요?

'내 마음을 몰라줘⋯⋯.'

'말하고 싶은 것을 제대로 전할 수가 없어⋯⋯.'

　다들 이런 초조함을 느낀 적이 있으리라 생각해요.

　어떤 말도 마음에 들지 않고 거짓말 같은 느낌이 들 때는, 사실은 자신이 정말 말하고 싶은 것이 무엇인지 스스로의 마음을 이해하지 못하고 있는 것은 아닐까요?

　다른 사람과 함께 있는데 상대방에게서 "지금 뭐 하고 싶어?", "무슨 생각을 하고 있어?"라는 말을 듣고 당황한 경우가 자주 있었다면 당신은 언제나 상대의 감정에 정신을 빼앗겨 자신의 감정에 둔감해진 것일지도 몰라요.

　자신보다도 주변의 것에 지나치게 의식하며 살고 있지는

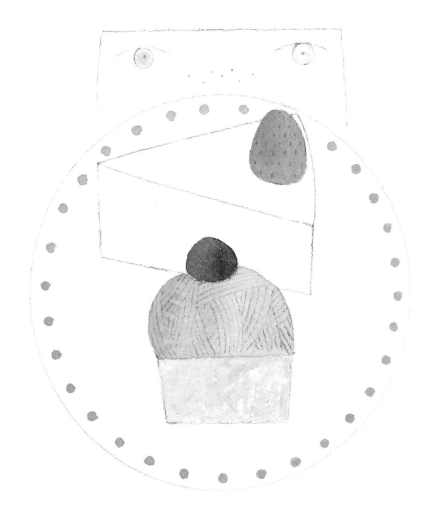

120

않나요? 그러면 자신의 마음에 잔물결이 일어도, 작은 욕구가 생겨도 이를 알아차리지 못하고 결국 자신의 마음을 제대로 이해하지 못하게 되고 말아요.

만약 그런 경향이 있다면, 평소에 더욱 자신의 내면으로 의식을 향하게 하여 감정을 파악해 보세요.

예를 들어 식사를 하러 가서 다른 사람에게 맞춰서 적당히 주문하거나 아무거나 대충 고르지 말고, 당신이 지금 가장 먹고 싶은 것이 무엇인지 스스로에게 물어보세요. 그리고 대답이 떠오를 때까지 기다리세요. 대답이 떠오르면 제대로 목소리를 내어 말하세요.

상점에 들어갔을 때도 스스로에게 가장 갖고 싶은 것이 무엇인지 마음에 물어본 뒤 쇼핑을 시작하세요.

집에서 TV를 켤 때도 그 방송이 정말로 보고 싶은지 자신의 마음을 확인하고 행동한다면 그저 그렇게 흘려보내던 자신의 감정을 분명히 파악할 수 있게 될 거예요.

자신의 감정을 제대로 파악하게 되면 그 생각을 말로 전하는 것은 절대로 어렵지 않아요.

다만 자신의 마음으로 의식을 향하게 하려고 하는데 반응이 애매모호하여 감정을 파악하기 어려운 경우가 있을지도 몰라요. '좋아함'과 '싫어함'이 함께 하는 때이지요. 이때는 좋은지 싫은지 무리하게 둘 중 하나를 선택하려고 하면 진짜 마음을 알 수 없게 돼요. 그러니 그때에는 자신의 기분을 있는 그대로 받아들이세요.

'지금 내 마음에는 좋은 것도 싫은 것도 전부 있구나.'

그러면 마음이 진정되어, 두 마음이 함께 하고 있어 결정을 내리지 못하는 것이 지금의 마음이라는 것을 잘 알 수 있을 거예요.

애매모호한 감정을 지닌 채 어중간한 기분으로 지내는 것보다 개운한 기분으로 지내고 싶다면 그 이도 저도 아닌 감정에 더욱 깊이 파고들어가 보세요. 그러면 당신은 새로운 사실을 발견할지도 몰라요.

'두 가지 마음이 함께 하고 있어 정하지 못하는 것은 지금은 억지로 정하고 싶지 않다고 생각하기 때문이다.'

당신의 감정은 당신의 일부예요. 자신의 진심을 알고 싶어 하는 생각이 든다면 차근차근 마음속에 있는 기분까지 헤아릴 수 있으니, 반드시 자신의 내면을 깊숙이 들여다보세요.

그리고 상대가 조금이라도 이해하기 쉽도록 말로서 전력을 다하여 자신의 진실을 전하는 것은, 당신이라는 사람을 이해받기 위해서 꼭 필요하다는 사실을 명심하세요.

누군가에게 미움받고
있다고 느낀다면

타인은 나를 비추는 거울일지도 몰라요

'그 사람은 나를 싫어하는 걸까? 왠지 미움받고 있는 기분이 들어.'

한 번쯤 이런 경험이 있을 거라 생각해요. 자신이 미움받고 있다고 느끼는 것은 사실은 당신이 그 사람을 싫어하고 있기 때문일지도 몰라요.

우리들은 무의식중에 자신의 마음을 사람이나 사물에 비추어 반응하는 습성이 있는데, 그것을 '투사'라고 해요.

예를 들어 당신이 누군가에게 이러한 감정을 느꼈다고 가정해 볼게요.

'저 사람은 진짜 속마음을 말하지 않아서 싫어.'

이를 투사로 보면, 실은 당신의 속마음은 다음과 같다고 볼 수 있어요.

'언제나 진심을 말하지 않는 내가 싫어.'

왜 투사를 하게 될까요? 투사는 방어기제의 하나로서, 그러한 행동을 함으로써 자신을 탓하지 않아도 되기 때문이에요. 더욱이 자신을 싫어하는 나쁜 마음으로부터 도망칠 수 있으니까요.

그렇다고 해서 투사를 나쁘게 볼 필요도, 자신을 탓할 필요도 없어요.

모든 사람에게는 '투사'라는 버릇이 있다고 생각하고 주변을 바라보면 다른 사람의 행동도, 자신의 행동도 더욱 잘 이해할 수 있다고 생각해요.

다만 당신 자신이 상대를 비난하고 있는 것 같은 기분이 들 때는 알아차려야 할 것이 있어요. 모르는 사이에 자신의 감정을 투사하여 그것에 있는 진실을 지나쳐 버릴 가능성이 있기 때문이에요.

불쾌한 감정이 북받친다면 자신에 대한 불만을 다른 사람

127

에게 투사하고 있는 것은 아닌지 살펴보아야 해요.

투사하는 것은 꼭 스스로에 대한 불만 때문은 아니에요. 어쩌면 아버지에 대한 증오를 외모가 닮은 상사에게 투사하고 있을지도 모르고, 어머니에 대한 짜증을 성격이 비슷한 친구에게 투사하고 있을지도 모르는 거예요.

자신의 행동이 투사라는 것을 깨닫는다면 상대에게 마음속으로 사과하고 기분을 전환시켜 보세요. 이미 상대를 비

난해 버린 뒤라면 상대에게 직접 오해한 것을 전하며 정중히 사과하세요.

또한 반대로 다른 사람 역시 그 자신도 모르게 당신에게 기분을 투사할 수 있음을 각오해두는 것도 중요해요.

그래야 상대의 발언을 여유를 가지고 들을 수 있고, 깨끗하게 받아넘기는 것도 가능해져요. 상대가 당신에게 터무니없는 감정을 품고 있어도 냉정하게 대처할 수 있을 거예요.

예전에 저는 누군가 짜증을 내면 곧바로 그게 내 탓이냐며 상대에게 화를 냈어요. 하지만 그 모든 것들이 투사라고 생각한 뒤로 조금은 관용의 마음이 되어 상대의 짜증은 그저 단순한 짜증으로 받아들일 수 있게 되었어요.

투사에는 나쁜 면만 있는 것은 아니에요. 좋은 면도 많이 있어요.

우리들은 자신이 갖고 있지 않은 것은 밖으로 투사할 수 없어요. 즉 이야기를 듣고 눈물을 흘리거나, 대자연의 아름다움에 감동하는 것은 그것을 아름답다고 받아들이는 감성이 당신 안에 있기 때문이에요.

또한 타인을 동정하거나 무의식중에 도와주게 되는 것은 그의 아픔을 깊이 생각하는 마음이 당신에게 있기 때문이에요.

그렇게 생각한다면 당신 가까이에 있는 사람이나 사물은, 자신이 안에 감춘 보석을 비추는 거울이라고 말할 수 있을지도 몰라요.

좋아하는 사람을 탓하거나 미워하는 사람은 없습니다.
그러니 모두의 투사 습관을 이해하여 가능한 부드러운 마
음으로 서로 이해해 나가면 좋겠어요.

19

마지막 한마디를 소중히

당신의 따뜻함을 나눠주세요

사람들과 나누는 마지막 한마디는, 그 한마디만으로 당신의 인상을 바꿔 버릴 정도의 큰 힘을 지니고 있어요.

"좋은 사람이지만 말은 잘 못하네."

"말은 잘 못하지만 좋은 사람이네."

둘 중에서 어느 쪽이 더 듣기 좋은가요? 후자 쪽이 말한 사람의 상냥함이 느껴지지 않나요?

또 다른 예로, 당신의 권유로 하이킹에 함께 참여한 친구와 헤어지며 끝인사를 나눈다고 할게요.

"오늘 즐거웠어."

"피곤해."

아마도 친구로부터 어떤 말을 듣는지에 따라 당신의 기분이 변할 거예요.

이렇듯 마지막에 함부로 내뱉는 말은 그 말을 하는 사람의 인상과 연결돼요.

저는 당신이 별생각 없이 또는 무심코 던진 말로 마지막에 자신의 인상을 떨어뜨려 손해를 보거나 미움을 받지 않도록 하고 싶은 거예요.

상대방과 헤어질 때, 전화를 끊기 직전, 메일의 끝맺음 인사는 그전까지 어떤 말을 했더라도 마지막 한마디는 필히 '플러스'의 말로 마무리할 수 있도록 하세요.

상대방이 실컷 푸념을 늘어놓으며 "최악이야."라는 말을 계속해서 내뱉더라도, 결국 그가 듣고 싶어 하는 말은 "이제부터 잘될 거야.", "괜찮아."라는 격려일 거예요.

자신에 대해서 부정적인 것만 말하는 사람도 상대방에게 정말로 듣고 싶어 하는 말은 자신의 말에 동조해주길 바라는 것이 아니에요. "네 마음은 알지만 그건 아니라고 생각해."라는 말이 듣고 싶은 거예요.

가령 상대방이 "난 재수가 없어."라고 100번 투덜거려도 당신은 "그렇지 않아, 넌 운이 좋아."라고 말해주세요.

상대가 안도할 수 있는 한마디를 마지막에 선물하세요. 그런 마음가짐을 가질 수 있다는 것은 정말로 멋진 일이에요.

하루를 마무리하고 잠자리에 들기 전 스스로에게 들려주는 마지막 한마디 역시 소중해요.

침대에 누운 순간 여러 가지 불안이 머리를 어지럽힐지도 모르지만, 잠자리에 들기 전에 당신은 주로 어떤 말을 하나요?

- ㅡ 제대로 하지 못했어.
- ＋ 괜찮아, 분명 잘될 거야!
- ㅡ 미래 같은 건 믿을 수 없어.
- ＋ 내 미래를 믿어 보자!
- ㅡ 어차피 나는 뻔해.
- ＋ 갖고 있는 힘을 다 낼 거야!

마지막에 중얼대는 말이 '마이너스'의 말일지 '플러스'의 말일지에 따라 잠재의식에 인쇄되는 내용이 180도 바뀌지요.

당신은 어느 쪽의 말을 자신에게 선물해줄 건가요? 당연히 '플러스'의 말이겠지요!

마음으로부터 진정 괜찮다는 생각이 들지 않더라도 상관 없어요. 일부러라도 '괜찮아, 어떻게든 될 거야!'라고 주문을 외우듯 중얼거리고 나서 잠드는 습관을 들여 보세요. 분명 아침에 눈을 떴을 때 기분이 달라질 거예요. 긍정적인 에너지가 아침 태양처럼 마음에 떠오를 거예요.

플러스의 말은 희망을 담고 있는 말이에요. 밝음, 용기, 즐거움, 활력, 유머, 꿈을 태운 말에는 희망이 있고 따뜻함이 감돌아요. 우리들은 모두 마음에 불안을 안고 살아가기에 희망을 느끼게 해줄 따뜻한 말을 좋아해요.

그러니 누구에게든지 마지막 한마디에 반드시 '당신의 따뜻함'을 더하는 것을 잊지 마세요.

20. _____

그거, 정말 돈에 대한
격정인가요?

돈 사용법 vs 마음 사용법

'돈이 없어서 미래가 불안해. 걱정돼서 견딜 수 없어.'

'돈 걱정 때문에 인생을 즐길 여유가 없어.'

'돈에 대한 불안으로 몸이 안 좋아지는 것 같아.'

그거, 정말로 돈이 원인인가요? 충분한 돈이 있다면 그 스트레스 없어지는 건가요?

진짜 원인은 '돈'의 사용법이 아닌 '마음'의 사용법에 있을지도 몰라요.

어쩌면 우리는 돈을 사용하고 있는 것이 아니라 돈에 휘둘리고 있는 것은 아닐까요?

돈에 휘둘리고 있다는 것은 돈이 줄어드는 것이 걱정되어 즐겁게 사용할 수 없다는 빈약한 마음 상태를 나타내는 거

예요. 그것은 너무도 신경을 피곤하게 만들지요.

물론 돈 없이는 살 수 없는 것이 요즘 세상이지요. 현재 정말로 금전적인 문제로 힘겨워하는 사람들도 있겠지만, 그래도 마음의 사용법을 변화시키면 적어도 돈에 휘둘리는 일은 없어질 거라고 생각해요.

우리들을 행복하게 하는 것은 어디까지나 돈이 아닌 마음이에요. 지금이야말로 마음의 풍부함을 기를 수 있는 절호의 기회라고 생각해 보세요.

풍부한 마음을 기를 수 있는 아이디어를 전할 테니, 부디 실천하기를!

제일 먼저 실천할 것은 돈을 낼 때의 기분이에요.

돈을 내는 것을 꺼리며, 싫은데 억지로 하듯이 돈을 내밀지 말고 사용할 수 있는 돈이 있다는 사실에 기뻐하며 기분 좋게 돈을 내는 것이 중요해요. 쇼핑을 하거나 마트의 계산대에서 돈을 지불할 때 마음속으로 '내게 도움이 돼주어 고마워!'라고 말하도록 노력하세요.

다음은 돈을 받아들일 때의 기분이에요.

'이것만으론 부족해.'라는 생각은 버리고 마음 밑바닥에서부터 감사하는 마음으로 생각하며 받도록 하세요.

돈이 부족하다고 느껴질 때 지금의 자신에게 정말 얼마의 돈이 필요한지 말할 수 있나요? 그때그때의 자신에게 필요한 만큼의 돈에 둘러싸여 사는 것이 인생이라는 생각을 가져보는 것도 좋은 방법이에요.

지금 당장 자신이 가지고 있는 돈 전부를 '불만의 재료'에서 '감사의 대상'으로 바라보는 마음을 가지세요.

돈은 '있으면 있는 대로, 없으면 없는 대로' 마음을 행복하게 해요. 평상시에 '내 행복을 지탱하게 해주는 하나의 도구'로서 돈을 사용하도록 하세요.

예를 들어 열심히 일해서 번 돈으로 좋아하는 비싼 과일을 샀다고 해요. 그때 '오늘은 특별한 날이야, 너무도 행복해!'라며 순박하게 기뻐하는 당신이라면 괜찮아요. 그것이 살아 있는 돈의 사용법이라고 생각해요.

하지만 '돈이 더 있으면 매일 비싼 과일을 먹을 수 있을 텐데.'라든지 '그 가게는 너무 비싸.'라고 생각해 버리는 사람은, 무엇을 사더라도 아무리 많은 돈을 사용한다 해도 진짜 행복을 만끽할 수 없을 거예요.

돈에 대한 당신의 마음 사용법이 현재 어떤 상태인지 한 번 재점검해 보세요.

우리들은 풍성한 마음을 키우면 지혜를 살려 얼마든지 행복하게 이 세상을 살아갈 수 있어요. 그것을 가르쳐주는 것 또한 돈이에요.

돈에 경의를 표하며 돈에 휘둘리지 않는 마음을 길러 당신의 인생을 둘러싸고 있는 돈을 스트레스의 원료에서 행복의 원료로 바꿔 보세요.

21. _____

흔들려도 괜찮아요

흔들림으로부터 배우며 자신을 연마하다

'흔들리고 싶지 않아!'

종종 이런 소리를 주위에서 듣곤 해요.

자신이 흔들리기에 고통이 생긴다고 생각하고 있는 사람은 의식의 새벽이 가까워지고 있는 거예요.

조금 전까지의 자신을 생각해 보세요.

무언가 힘든 일을 겪으면 혹시 이렇게 생각하지 않았나요?

'고통스러운 것은 전부 ○○ 때문이야.'

'나는 주변 상황의 희생자야.'

하지만 본인 스스로 흔들리지 않는다면 무슨 일이 일어나더라도, 주변에 어떤 사람이 있어도 괜찮아져요. 분명히 자신만 흔들리지 않으면 뜻대로 무언가를 달성할 수 있어요.

누구든 몇 번이고 흔들리기 마련이에요.

저도 흔들렸다 돌아오고 흔들렸다 돌아오기를 계속하다가, 근래에 들어서야 겨우 흔들렸을 때 바로 대처할 수 있게 되었어요.

어떤 일에 흔들렸을 때 흔들린 자신을 탓하거나 흔들린 것에 대해 후회하기보다는, 한시바삐 '중심'으로 돌아오는 것이 무엇보다 중요해요.

이를 위해서는 자신에게 '길잡이(이정표)'가 될 만한 것을 찾아놓는 편이 좋아요. 예를 들면 자신을 격려해주는 사람을 만나거나, 특별한 장소에 가거나, 자극을 주는 책을 읽거나, 신성한 음악에 빠지거나, 좌선을 하는 일 등이 있어요. 이렇듯 좋은 자극을 받아 '중심'으로 빨리 돌아올 수 있는 자신만의 길잡이를 찾는 것이 중요해요.

제가 아는 한 사람은 마음이 흔들릴 때 강가에 낚시를 하러 가요. 대자연의 품 안에서 무심히 낚싯줄을 늘어뜨리고 있으면 흐려진 마음이 강물을 따라 흘러가 버리고 자신은

147

깨끗하게 맑아지는 기분이 든다고 해요.

또 다른 사람은 마음이 흔들릴 때 별이 총총한 밤하늘을 보러 가요. 야외로 나가 바닥에 깔개를 깔고 드러누워 밤하늘을 보고 있으면 촘촘히 뒤섞여 있던 감정들이 진정되면서 편안해진다고 해요. 분명 유구한 흐름을 느낀 것이겠지요.

저의 경우에는 좌선을 해요. 선어禪語도 저를 되찾는 데 큰 도움이 되곤 해요.

"이제껏 알지 못했던 것을 갑자기 깨닫게 되다."

료칸 선사의 이 말은 지금까지도 저의 보물이에요.

"병이 났으면 앓는 것이요, 죽을 때는 죽는 것이로다. 이것이 재난 모면의 묘법이로소이다."

이 말은 재난을 피하고 싶어 하는 자신을 일으켜 당면한 일을 피하지 말고, 연에 따라 눈앞의 해야 할 일을 순순히 받아들임으로써 마음의 평온을 얻을 수 있다는 가르침이에요.

'어떤 시대에도 성자는 흔들림으로부터 배우며 자신을 연마했다'는 한 선인의 말이 있어요. 즉, 흔들리지 않는 사람은

세상 어디에도 없다는
거예요.

　때로는 흔들려도 괜
찮아요. 흔들리면서 자
신의 어리석음이나 약점을 깨달을 수 있기 때문이지요. 그
러니 흔들리면서 많은 것을 배워 나가세요.

　다만 흔들렸을 때, 중요하지 않은 일에 연연하여 자신을
잃어버리는 경우가 있어요. 이때는 자신이 어떤 사람이고
싶은지 재검토해 보세요. '중심'으로 되돌아와 사랑과 용기
를 되찾는 거예요. 사랑과 용기가 되살아나면 '뜻'이 생겨요.
뜻을 더 높이 올려 후회 없이 자유롭게 살아가기 위해 자신
을 연마하세요.

22. _____

누구도 믿을 수 없게
되었다면

당신의 마음에 실마리가 있어요

사람과의 관계로 인해 상처받아 어느 누구도 믿지 못하게 되었다면 그때가 바로 마음을 정리해 보며 사람을 사귀는 자신의 자세를 재점검해야 할 때예요.

한때 저도 신뢰했던 사람을 믿지 못하게 되어 '재점검'을 독촉당했던 적이 있어요. 제 나름대로는 바르게 살아왔다고 생각했는데 그동안 제 마음속에서 못 본 척했던 감정이 있었음을 알고 몹시 놀랐어요.

평소 좋아하고 존경했던 친구가 뒤에서 저에 대해 말하고 다녔다는 것을 알게 되었던 경험이 있어요.

"걔, 인생은 잘 풀리지 않을 거야."

충격이 컸지만 아무 말도 하지 않은 채 저는 그 친구와 거리를 두었어요.

저는 슬픈 생각이 들 때마다 언제나 그런 식으로 도망을 쳤어요.

'상대가 잘못한 거야. 내가 어떻게 할 수 있는 방법은 없어.'

이렇게 자신을 합리화하면서요. 하지만 그런 태도를 재인식하게 된 때가 있었어요. 제가 도망갈 때마다 마음 한구석에서 스스로를 탓하기 시작했고, 그것이 쌓여 결국 마음이 침몰해 버린 거예요. 굉장히 심각한 자기혐오였어요.

저는 어떻게 해서든 거기에서 빠져나오기 위해, 상대가 자기의 생각을 말하는 것은 당연한 일이라고 관점을 바꿔 보았어요.

그러자 이제까지와는 다른 감정이 떠올랐어요.

'그녀는 나를 더욱 따뜻하게 대하려고 했을 거야……'

결국 상대방이 문제가 아니라 제 안의 문제였다는 것을 알았어요. 실은 상처받아 눈물이 날 것 같은 '갈 곳 없는 슬픔'을 감싸안고 있었던 거예요.

이때 이후로 저는 누구의 생각도 거부할 필요가 없고, 거부해서도 안 된다고 생각하게 되었어요.

　우리가 필사적으로 자신을 정당화하려고 할 때는 남들이 알아주지 않는 슬픔을 지니고 있는 때일지도 몰라요.

　당신의 경우는 어떤가요?

　'그 사람을 믿고 있었는데 배신당했어.'

　'더 이상 누구도 믿을 수 없어.'

　이와 같이 사람에게서 상처받는 일이 생겨 마음을 제대

로 정리하지 못해서 앞으로 나아가지 못하는 일이 있지 않
나요?

　그렇다면 지금껏 해왔던 것처럼 도망치지 마세요. 도망치
면 도망칠수록 행복은 당신 곁에서 멀어져요.

　어쩌면 기분이 나빴던 이유는 상대방의 말과 행동 때문이
아니라 당신이 생각하는 방식에 있을지도 몰라요.

　제가 그것을 자각하게 된 것은, 누구든 본인을 지키기 위
해서 자신이 바르다고 생각한다는 사실을 받아들였던 때였
어요.

그전까지는 제가 옳다는 마음이 앞질러서, 저를 인정해 주지 않으면 그 사람이 틀렸다고 저항하며 불쾌감을 느꼈어요. 그러나 결국은 그 마음으로 인해 스스로 고통만 만들어 냈을 뿐이었지요.

그래서 저는 생각하는 방식을 고쳐, 다음의 세 가지 목표를 내세워 재출발을 했어요.

- 자신이 옳다고 믿는 상대의 마음을 존중하기.
- 내가 옳다고 생각하는 것을 상대에게 몰아붙이지 않기
- 싫어하는 일을 당하면 그것을 타인이 아닌 자신의 문제라고 생각하기.

당신이 생각하는 방식을 재인식할 때 새로운 자신이 되어 재출발할 준비가 되어 있을 거예요.

그 기회는 인간관계의 막다른 곳에서 맞는 경우가 대부분이지만, 그것에는 반드시 힌트가 숨어 있어요.

'어떤 발상이 필요한가.'

'어떻게 하면 모두가 웃을 수 있을까.'

그러니 그것을 잘 살려서 '행복한 생각 방식'을 익혀 나가세요.

위기는 당신이
바뀔 수 있는 찬스

필요 없는 것을 버리는 일

인생을 살아가면서 고통에 직면했을 때 혹은 위기에 놓였을 때 마음에 소용돌이치는 생각을 이렇게 바꿔보세요.

'어떻게든 하자, 어떻게든 할 거야!'

내키지 않은 상태로 아무리 생각해도 좋은 아이디어가 나올 리 없어요. 인생에 차질이 생기면, 그것을 나에게 필요 없는 것을 버려야 한다는 사인이라고 생각해 보세요.

버려야만 하는 필요 없는 것은 '자신의 사정만 생각하며 끙끙대는 마음'이에요. 이를 버리기 위해서는 필사적으로 마음을 열고 자신을 고쳐나가는 방법밖에 없다고 생각해요.

그러면 고통에서 벗어날 수 있는 길이 보일 거예요. 저는 지금까지 이 방법으로 인생의 많은 고통을 헤쳐 나왔어요.

마음을 여는 것은 각오하고 현실을 받아들이는 것이에요. 자신을 고쳐나가는 것은 부지런히 대처법을 바로잡아 가는 것이에요.

우선, 마음을 열어 단단히 각오하고 현실을 받아들여 보세요.

지금 당신이 가지고 있는 고통을 다른 사람의 탓으로 돌리지 않고, 인생에서 실패한 원인이 자신에게 있음을 받아들이는 거예요.

자신이 어떤 일에 무지하여 지금의 문제를 초래한 것인지 충분히 반성하는 거예요. 반성의 포인트는 두 가지가 있어요.

• 모든 일을 선입견으로 단정 짓지는 않았는가?
• 어느 사이에 오만해지지는 않았는가?

대부분의 경우는 짐작 가는 것이 있으리라 생각해요. 보

163

통 인간은 '믿음'이나 '교만함'이 마음에 밀려들어 왔을 때 위기에 놓이는 경우가 많기 때문이지요.

그것을 저는 몸소 깨달았어요.

저 또한 다른 사람에게 속임을 당하거나 병에 이르기

전까지는 '설마 나에게는 그런 일이 일어나지 않겠지.'하고 우습게 보았었지요.

그다음으로 해야 할 일은 자신을 바로잡아 부지런히 대

처법을 고쳐가는 거예요. 상대방을 탓하거나 비위를 맞추는 듯한 태도를 취하지 말고 초심으로 돌아가 다시 시작하는 마음이 중요해요.

　자신이나 상대방을 탓하는 동안에는 절대로 앞으로 나아가지 못해요. 그렇다고 해서 처음부터 누군가를 의지하는 것도 잘못된 것이라고 생각해요.

　하루하루 열심히 살아왔는데도 실패라는 발에 걸려 넘어

졌다면 그때는 서두르지 말고 성심성의를 다해 착실하게 노력하는 자세가 필요해요.

조바심 때문에 엉망이 된 점은 없었는지, 성의를 다하지 않은 점은 무엇인지, 편하게 하려고 게으름을 피웠던 점은 없었는지를 냉정하게 되돌아보세요.

고통을 대할 때마다 그것을 받아들이는 태도를 바꾸도록 힘쓰고, 마음을 열어 자신을 바로잡으면 조금씩 침착해질 수 있어요.

그러면 더 이상 고난을 고난으로 느끼지 않고 여태껏 느끼지 못했던 감각이 생겨나게 될 거예요.

예를 들면 자신의 앞길이 가로막혀도 '나의 사정만 생각하며 끙끙대는 마음'에 흐트러지지 않게 될 거예요.

자신에게 일어난 일에 일일이 동요하거나 손익을 생각하여 화를 내거나 한탄하는 것도 훨씬 줄어들 거예요.

그런 자세로 어떤 일이 일어나더라도 동요하지 않는 자신을 만들어가는 것을 살아가는 보람의 하나로 만들어보면 좋겠어요. 바로 그것이 안녕을 손에 넣는 길이라고 생각해요.

거기에 이르는 가까운 길은, 더욱 얻으려고 하는 것이 아닌 마음에 달라붙은 필요 없는 것을 버리는 일인 거예요.

미래는, 최악과 최고 사이에

**최고의 미래를 손에 넣을 수 있는
최고의 시나리오를 적어 보세요**

뭔가 하고 싶다는 생각은 하면서도 실천하지 못하고 그대로 놔두고 있는 고민이 있지 않나요?

어떻게 손을 써야 좋을지 몰라서 그대로 놔두고 있는 일이 있다면 해결법을 함께 찾아보도록 해요.

'슬슬 뭔가 하지 않으면 안 되는데.'라고 느끼고 있는 고민은, 당신이 뛰어넘어야 하는 과제일지도 몰라요.

자, 지금 가장 걱정되는 고민을 하나 떠올려 보세요. 여기서는 예로 A씨와 B씨의 고민을 소개해 볼게요.

A씨는 줄곧 짝사랑하던 상대에게 고백하고 싶어 해요. B씨는 현재 일이 시원찮지만 성공해서 인정받고 싶어 해요.

자, 이들의 고민이 앞으로 어떻게 전개될지 폭넓게 상상하여 '최악의 시나리오'와 '최고의 시나리오'를 적어보세요.

시나리오는 결말, 원인, 기분으로 나누어 적으면 돼요.

먼저 A씨의 '최악의 시나리오'부터 볼까요.

결말 : 고백하지만 상대로부터 거절당한다.

원인 : 나에게 관심이 없다. 이미 애인이 있었다.

기분 : 절망감, 자신감 상실…….

그럼 이제 A씨의 '최고의 시나리오'를 볼게요.

결말 : 상대가 고백을 받아줘서 교제를 시작한다.

원인 : 실은 상대도 나를 좋아했었다.

기분 : 용기를 내기 잘했다는 생각이 든다. 지금 이 세상 누구

　　　 보다 행복하다!

다음으로 B씨의 '최악의 시나리오'를 볼까요.

결말 : 일이 제자리를 맴돈다. 다른 사람에게 추월당한다.

원인 : 조바심, 준비 부족, 협력자 부족.

기분 : 침울하다. 도망가고 싶다. 회사를 그만두고 싶다……．

B 씨의 '최고의 시나리오'를 볼게요.

결말 : 일이 궤도에 오르고 사람들에게 인정받는다.

원인 : 그동안 열심히 한 노력이 드디어 결실을 맺은 것이다. 감

　　　 이 뛰어나다. 운이 따라주었다.

기분 : 삶의 보람을 느낀다. 성취감이 느껴진다. 의욕 백배!

실제로 A씨와 B씨의 미래는 '최악의 시나리오'와 '최고의
시나리오'의 중간에 있어요.

당신의 미래 또한 최악과 최고의 사이에 있어요.

최고의 미래를 손에 넣을 수 있는 힌트는 당신 자신이 적은 시나리오 속에 있기 때문에 잘 비교해 보세요.

'최고의 결말'을 손에 넣고 싶다면 '최악의 원인'을 뒤엎어 '최고의 원인'을 만들어내면 돼요. 그러려면 먼저 '최고의 기분'을 가져야 된다는 것을 눈치채셨나요?

A씨의 경우는 좋아하는 마음을 용기를 내어 고백했기에 상대의 마음을 붙잡아 교제가 실현되는 결과로 이어졌고, B씨의 경우는 일에 대한 의욕을 가지고 부지런히 노력한 결과 사람들에게 좋은 평가를 받게 된다는 흐름으로 이어졌어요.

이제껏 당신은 무의식중에 최악의 결말을 두려워하여 움츠러들었는지 몰라요. 그러니 이번 기회에 두려운 마음을 떨쳐내고 최고의 흐름을 발견해 보세요.

지금, 당신에게 필요한 것은 '인생의 설계도'예요.

그것은 판타지도 지옥 광경도 아닌 구체적으로 행동을 계획하는 일이에요. 그 행동 계획에 따라 스스로 움직이는 것이 굉장히 중요해요.

자신의 과제를 뛰어넘음으로써 최고의 인생을 이룰 수 있을 거예요.

서툴러도 괜찮아요

능숙하지 않기에 사랑스러운 사람

당신은 세상을 살아나가는 것이 능숙한가요?
아니면 서툴다고 생각하나요?

만약 요령을 잘 활용하여 작은 노력으로 큰 성과를 내는 사람을 능숙하다고 한다면, 그렇게 생각하고 있는 대부분의 사람들은 이렇게 대답할지도 몰라요.

"나는 세상을 살아가는 요령이 서툴러. 서툴러서 언제나 손해만 보고 있어."

서투르기에 손해 보고 있다고 답한 사람들은, 자신은 이 경쟁 사회에서는 행복을 가질 수 없다고 생각하고 있을 거예요. 하지만 저는 그렇게 생각하지 않아요.

진짜 행복을 손에 넣을 수 있는 최단 거리에 있는 건 오히려 '요령이 나빠서 손해 보는 서툰 사람'이에요.

능숙한 사람은 머리가 잘 돌아가고 선견지명이 있으며 경쟁 사회를 살아나가는 요령이 뛰어날지도 몰라요. 하지만 그만큼 경쟁 원리에 수용되어 요령의 장점을 자신의 사리사욕을 위해 사용할 우려가 있어요. 한 가지가 어긋나면 오만해져서 안락하게 살아가지 못하게 될지도 모르는 일이에요.

그런 사람은 자신의 이기심 때문에 사람을 따돌리거나 약한 자를 잘라버리거나 사람들을 질투하게 되는 것이라고 생각해요. 그렇게 되면 언제 누구에게 발목을 잡힐지 아무도 모르는 거예요. 그런 세계에 몸을 두고 있으면 마음은 절대로 편안해지지 않아요.

그러니 그런 일이 일어나지 않도록 당신에게 주어진 요령의 장점이나 선견지명을 자신보다 입장이 약한 사람들을 도와주는 데 사용하세요.

그러면 모든 사람들로부터 감사와 존경을 받게 되어 한 사람으로서의 '진짜 행복'을 얻을 수 있을 거예요.

조금 서툴지만 다른 이들을 질투하지 않고 비뚤어진 생각도 하지 않으며 생떼 쓰지 않는다면 그 사람은 이미 행복한

179

거예요. 당신이 그렇지 않은 대신 다른 누군가는 그러한 악역을 맡고 있을 테니까요.

그러나 자신이 서툴지만 행복한 사람임을 깨닫지 못하고 있을지도 몰라요.

그럼 이렇게 생각해 보면 어떨까요.

'내가 무언가 때문에 손해를 봤을 때는 그 대신 어딘가에서 누군가는 이익을 얻을 것이다. 나의 손해는 사회 공헌이나 다름없다!'

'내가 서툴면 다른 사람들이 나 때문에 자신이 뒤처질까 걱정하지 않아도 되니까 나의 서투름은 타인을 구제하는 것이다.'

그러니 자신이 살아가는 데 있어 서투르다고 느껴도 전혀 걱정할 필요가 없어요.

자신보다 잘난 사람을 질투하지 않고 비뚤어진 생각도 하지 않으며 생떼 쓰지 않는 일이 어려울지도 몰라요. 하지만 그것은 당신의 마음가짐 하나로 충분히 실천할 수 있어요.

상대를 시기하지 않도록, 져서 분하다고 느낀다면 그 정도로 대단한 것을 가진 상대를 힘껏 칭찬해 보세요.

비뚤어진 생각을 하지 않도록, 마음이 뒤틀리려고 하면 높고 넓은 하늘을 보며 '자잘하게 굴지 말고 전진하자!'라고 마음속으로 외쳐 보세요.

생떼 쓰지 않도록, 다른 사람을 부러워하는 감정이 솟아나면 '분수에 맞게 부지런히 살아가는 것이 아름다운 것이다.'라고 스스로에게 들려주세요.

그러면 당신은, 있는 그대로도 충분히 행복한 '사랑스러운 사람'이 될 거예요.

26.

당신의 행복을
만드는 것은 바로 당신

인생의 만족과 기쁨

예전에 그렸던 꿈이지만 아직 못다 이룬 꿈이 있나요?

벽에 부딪혀 포기하려는 꿈이 있지는 않나요?

저는 10대 시절, 드럼 연주하는 것을 동경했어요. 그래서 언젠가는 꼭 밴드를 결성해 드럼을 치겠다고 꿈꾸었죠. 그러나 당시의 제 꿈은 어머니의 맹렬한 반대로 깨끗이 박살났어요.

그로부터 3년이 흐른 뒤, 우연히 잡지에서 초심자도 3일간 프로 연주자에게 수업을 받으면 자신이 동경하는 악기로 밴드 연주를 할 수 있다는 글을 보게 되었어요. 그 순간 오래전에 잊고 있던 꿈이 뭉게뭉게 되살아났어요. 태어나서 처음으로 드림에 빠져 지내며 저는 너무도 행복한 기분이 들었어요.

'엉망진창 서툴러도 기분 좋아! 꿈이 이루어져서 너무 행복해!'

꿈에 도전하는 것, 전력을 다해 무언가에 부딪혀보는 것은 삶을 활성화시키는 데 정말로 중요해요.

일이든 취미든 사랑이든 모든 것에 열심히 자신을 내던지면 분명히 새로운 세계가 펼쳐질 거예요. 바로 그때 '자신의 행복을 만드는 힘은 자기 자신에게 있다'는 것을 실감하게 되는 거예요.

게으름을 피우며 느긋하게 살아가는 것은 언뜻 편해 보여도, 인생이 아깝고 재미없다고 불평하게 되기 십상이에요. 그러니 남들이 보기엔 보잘것없고 아무리 작은 꿈이라도 '포기해야만 해.'라고 생각하는 마음을 '절대 포기하지 않을 거야.'로 의식을 바꿔 보세요.

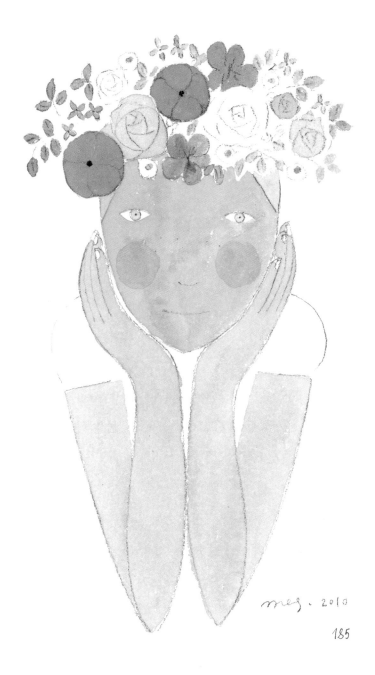

meg. 2010

185

'절대 포기하지 않을 거야.'라고 강하게 마음을 먹으면 자신의 주변으로 정보가 모여들 거예요. 그렇지만 단지 생각하고 있는 것만으로는 앞으로 나아갈 수 없어요. 그 정보를 기초로 '작은 행동'을 일으켜 보세요.

현재 자신이 할 수 있는 작은 일에서부터 시작하여 인생을 꿈의 궤도에 올리는 거예요.

예를 들어 자격을 얻기 위해 시험을 봐서 합격해야 한다면 매일 아침 1시간씩 일찍 일어나 공부하는 것이 작은 행동이에요. 또한 자금을 만들기 위해서 더욱 부지런히 벌어야 한다면 여가 시간을 활용해 아르바이트를 찾아 일하는 것도 작은 행동이에요.

작은 행동들을 하나둘 쌓아나가면 그것이 큰 힘이 되어 다시 자신에게로 돌아와요. 분명 꿈은 그만큼 당신 곁으로 가까이 다가올 거예요.

다만 하나의 꿈을 포기하지 않는다고 하는 것은 그 이외의 것을 '단념'해야 된다는 뜻도 되지요. 그 꿈이 크면 클수

록 포기해야 하는 것도 늘어
갈지 몰라요.

　더구나 시간과 체력은 한
정되어 있기 때문에 하나의
것을 끝까지 해내기로 결정했다면 그 이외의 것에 집착하지
않는 것도 중요해요.

　그저 막연하게 살아가는 것이 아닌, 뚜렷한 목표를 가지
고 살아가세요. 아무리 작은 목표라 하더라도 하나씩 차근
차근 처리해 나가는 동안에 자신의 인생을 걸 정도로 하고
싶은 일이 명확해질 거예요. 그것을 알았다면 꿈을 향해 일
직선으로 움직이기 시작하세요.

　가까이 있는 주변 사람들은 당신이 진심으로 노력하는 모
습을 눈앞에서 본다면 협력을 아끼지 않을 거예요.

　인생을 행복한 방향으로 이끄는 열쇠는 '진심'이에요.

　아무리 나이가 들어도 눈동자를 반짝반짝 빛내며 정말로
하고 싶은 일에 진심을 다해 부딪혀 나가는 멋진 당신이 되
세요.

끝내며

누구나 세상에 태어난 것에 감사하며
행복하게 살아가기를 원하지요.
간절히 원하기에 그 바람에서 멀어지는 자신을 볼 때면
견딜 수 없는 기분이 들어 고민을 하게 되는 것이라
생각해요.

하지만 당신은 이렇게 생각할 테죠.
'내 성격이 이렇지 않았다면…….'
'조금만 더 행운을 가지고 태어났더라면…….'
이런 생각들은 이제 그만하기로 해요.
태어난 것에 감사하고, 행복하게 살기 위해 필요한 것을
당신은 이미 가지고 있어요.

그것을 깨닫기 위한 체험이 바로 '시련'이에요.

시련은 고통스러운 경험이 아니라

감동에 눈물 흘리고 감사의 문을 여는 일이에요.

또한 지금보다 성장하지 않으면 극복할 수 없는

벽도 '시련'이에요.

그 벽은 당신이 인간으로 태어나기 전에

자신을 위해 준비해 놓은 깜짝 선물이에요.

왜 깜짝 선물인가 하면,

그 벽을 극복했을 때의 감동은

인간만이 맛볼 수 있는 기쁨이기 때문이에요.

그때 당신은 넘치는 감사함으로 눈시울이 뜨거워지며

세상에 태어나길 다행이라고 느끼게 될 거예요.
그리고 그런 기쁨을 다시 맛보고 싶어
고통도 견디며 노력해야겠다는 마음이 들 거예요.

아무쪼록 마음의 단추를 잘못 끼워서
인생이 잘못된 방향으로 가도록 놔두지 마세요.

잘못된 방향이란 곧 불행해지는 방향이에요.
시련을 힘들어하고, 없는 편이 낫다고 느끼는
관점이에요.

지금 당신 앞에 높이 솟은 벽은

지금보다 성장하면 간단하게 넘을 수 있어요.

어떤 일이 있어도 행복의 원인을

다른 데서 찾지 마세요.

행복의 파랑새는

언제나 당신 안에 있으니까요.

우사미 유리코

여리고 조금은 서툰, 당신에게

초판 1쇄 인쇄 2019년 7월 20일
초판 2쇄 발행 2024년 11월 15일

지은이   우사미 유리코
옮긴이   최윤영
펴낸이   한익수
펴낸곳   도서출판 큰나무
등록   1993년 11월 30일(제5-396호)
주소   (10424)경기도 고양시 일산동구 호수로430길 13-4
전화   031 903 1845
팩스   031 903 1854
이메일   btreepub@naver.com
블로그   blog.naver.com/btreepub

값 13,800원
ISBN 978-89-7891-320-1 (03830)

잘못 만들어진 책은 구입하신 서점에서 교환해 드립니다.

이 도서의 국립중앙도서관 출판예정도서목록(CIP)은 서지정보유통지원시스템 홈페이지
(http://seoji.nl.go.kr)와 국가자료종합목록 구축시스템(http://kolis-net.nl.go.kr)에서
이용하실 수 있습니다. (CIP제어번호: CIP2019026438)